ファン文庫
TearS

# この星で君と生きるための
# 幾億の理由

青海野 灰 著



マイナビ出版

# 生きるための理由

CONTENTS

この星で君と



幾億の

僕を乗せた快速電車は無機質な轟音と共に、この町を出て行く。窓の外では咲き始めの桜が風のように溶けて流れていく。

依存や執着といったものが目に見えるのなら、きっと今、僕の胸元から故郷に向かって伸びたいくつもの頼りない糸が、時速九〇キロで拡がり続ける距離に抗えずに、ブチブチと音を立てて千切れているだろう。

十六年間生きてきたあの町が好きなわけじゃない。むしろ嫌悪すらしている。

それでも、大切な想い出はいくつもあって、それを思うと、泣きそうになる。

でも僕は、泣いてはいけない。感傷に浸ることを赦していない。

僕がそれを、壊したのだから。


世界は残酷で。この命は無意味で。この手は何も守れない。

沢山傷付いて、傷付けて、心が血を流して、それでも生きていかなきゃいけない理由なんて、もうどこにもない。でも死ぬ理由もない。だから生きている。

君がいたこの町を出る電車に揺られながら、そんな風に今も僕は、息をしている。

# 一話 —— 命の天秤

「いつか、本当に生きるのをやめたくなった時は、一緒に死のう」


かつてそんな約束をした女の子がいた。

冬の夜明けに降る初雪のような、淡く透き通った声だった。

一緒に死ぬ、という絶望的な内容なのに、その約束があったから、その時の僕は生きていられた。

その言葉が、冷たい暗闇の中で握り締めた、小さな光のように感じていた。

集団の冷酷な悪意に晒されて、だからこそ僕たちは静かな連帯感と、信頼と、密やかな愛情の確信をもって、逃げ込んだ秘密基地で肩を寄せ合い、僕たちだけの精神的箱庭の中で、寄り添うように生きていた。

いつか、本当に生きるのをやめたくなった時は、一緒に死のう。

その約束だけを、心のよすがにして。

＊

教室の隅の自席で頬杖をついて、窓の向こうで花もとうに散った桜の、風に揺れる青葉を眺めていた。

父の転勤の都合で故郷を離れ、高校二年の春にここに転校してきて一か月が経った。はじめのうちは珍しい転校生として注目もされたが、僕がクラスメイトとの交流に一切の興味もやる気もないことに気付くと、僕の望み通り彼らは僕を空気として扱うようになった。

誰も信じていないし、そんな自分も信じていない。

周囲の幼稚な悪意だとか、毒親の存在だとか、自分自身の弱さとか卑屈さとか。そういったもので長期に亘って捻じ曲げられたまま固まったこの心は、もう元の真っ直ぐな形に戻ることはないだろうけれど、それでもその歪んだ心をこれ以上傷付けさせまいと、冷たく分厚い鎧を纏って閉じこもっている。

生きる意味なんてないと思っている。

それでもこうして制服を着て、毎日登校をして、不真面目ながらも授業を受けているのは、義務感だとか未来への希望だとかそんなものではなく、ただの惰性だった。

生きる理由は見当たらないけれど、今すぐ死ぬ理由もないから生きている、というだけ。

正直、高校二年生という年齢で、明確な「生きる理由」を持って生きている人間なんているのだろうかとも思う。みんなただ、生まれてきてしまったから仕方なく生きているとか、そんなところじゃないだろうか。

視線を窓から離し、教室の中に向けてみた。教壇では年老いた国語教師が、誰にも聞かせるつもりもないようなぼそぼそとした声で枕草子を読み上げている。春はあけぼの。夏は夜。秋は夕暮れ。冬はつとめて。

この老教師は授業中に誰も名指ししないし叱りもしないから、生徒から古典の時間は絶好の昼寝タイムとして認識されているようで、まだ一時限目だというのに今もクラスの半数ほどが机に突っ伏して眠っている。怒られないという安心感と、静かな読経のような教師の声が、否応なく眠気を誘うのだろう。

僕は手元のまっさらなノートに視線を落とし、ページの中央にシャープペンシルで適当な丸を描いた。その内側に「命」という字を書く。そしてその丸から上下左右に線を伸ばし、四つの線の先端に、それぞれ丸を描き足した。

人間の命には、四つの「理由」が天秤のように繋がっていると、僕は考えている。

夢や希望といった眩しいもの、「生きる理由」。

挫折や、絶望、暗くて重い、「死ぬ理由」。

守るべきものの存在や、信念などによる、「死ねない理由」。

病気や、事故、そういった抗えないもの、「生きられない理由」。

人が生きていく上で起こる様々なものごとによって、これら四つの「理由」の天秤が重くなっていく。

強い目標があったり、楽しいことや嬉しいことが続けば、「生きる理由」は重くなるだろう。反対に、夢を失ったり、つらいことばかり経験していれば「死ぬ理由」が重くなる。死ぬ理由が生きる理由を上回って、天秤のバランスが大きく崩れた時、人は自ら死を選ぶのだろう。

ただ、それだけではなくて、例えば小さな子供がいるだとかで、自分の人生はつらく苦しいけれど、死んでしまえば子供を一人にしてしまうから、歯を食いしばって生きている、というような場合もあるだろう。「死ねない理由」が「死ぬ理由」を上回っていれば、その人は死のうとはしないだろうけれど、心は悲鳴をあげるだろうな、と想像できる。

叶えたい夢があって、守りたいものがあっても、深刻な病気に罹って「生きられない理由」が重くなれば、人は生きていられない。この世界にはそういった悲劇も、溢れるほどにあるのだろう。

僕は、と考える。命と書いた丸の横に、自分の名前を書いてみた。葉月《はづき》、漣《れん》。僕の命は、どうだろう。

夢や希望？　そんなのは持ち合わせていない。

挫折や絶望。以前はあったが、今は多少落ち着いている。

守るべきものや信念も、もうない。

病気には罹っていない。

今の僕の、命の天秤は、辛うじてバランスが取れていると言える。慢性的に「死ぬ理由」に傾いてはいるが、今すぐ教室を飛び出して階段を駆け上がり校舎の屋上から飛び降りるような衝動はない。

でも、このまま生きていたいとは思わない。

生きる理由も、生きなければならない理由もなく、歪んだ心の中に傷を抱えたまま、生きて、年老いていきたいと思えない。人生は苦労の連続なのだと、まだ十六年しか生きていない僕にも分かる。老教師の読み上げる枕草子を子守歌に、クラスメイトの寝息を聞く穏やかな時間は、長くは続かないのだ。やがて大学受験か就職活動かを選ばなければならず、どちらにしても心を磨り減らすことになるだろう。そこを乗り越えても、喜びも希望も持てないまま苦労を重ねて何十年も生き続けるモチベーションを持てない。

　この国の平均寿命は約八〇歳であるらしい。僕は今十六だから、平均寿命まで生きるとすると、あと六十四年。日数で数えると約二万三千日。秒に換算すると……約二十億秒。僕が歩んでいる暗い道のりの果てまでの途方もない遠さを思うと、眩暈《めまい》がする。

　大切な人と一緒に心の半分を失った僕には、命というものはあまりに味気なく、重荷なんだ。

「——であるから、一年を通して、四季折々の趣深いものを並べることで、生きることの喜びや輝きを伝えたかったのではないかと、私は考えています」

　老教師がそう言って締めくくったところで、計ったように授業終了のチャイムが鳴った。それまですやすやと眠っていた生徒たちの耳にもチャイムの音は届くようで、起き上がって遠慮もなく伸びをしたりしている。今日も何も言わずに退室の準備をする老教師が、少しかわいそうに思えた。

　次の授業は、数学だ。僕は古典の教科書とノートをバッグにしまい、代わりに数学の教科書を引っ張り出した。この高校は全日制と夜間定時制が入れ替わりで同じ教室を使うため、基本的には下校時に教科書類を机にしまっておけず、毎日持ち帰る必要がある。それでも生徒の中には机の物入れにしまいっ放しにしている者もいるようだが、誰が使うか分からない机に私物を置いておこうとは思わない。

そんなことを考えながら、数学のノートを取り出そうとバッグを漁っていたが、見つからない。数学の教師は抜き打ちで生徒のノートの回収とチェックをするから、絶対に忘れてはいけないものなのに。

小さくため息をついて、自分の行動を振り返ってみる。家に置いてきたか？　それとも、たまに利用するこの机の物入れに置いたまま忘れているのだろうか。少し屈んで天板の下を覗くと、中に一冊のノートが入っているのが見えた。やはりここに入れたまま忘れていたのか、とほっとする。それと同時に、自分は本当にここに入れただろうかと疑問にも思う。

ともあれノートを取り出して、これが自分の物か確認するために表紙の厚紙をつまんで開いた。その瞬間目に飛び込んできた文字に、ぎょっとした。


〝遺書〟

冷静になるために脳内の辞書を引く。遺書。それは、死後のために書き残された手紙のこと。主に自殺者や、死を覚悟した者が記す。

つまりこのノートの持ち主は……。僕は無意識に、左側の窓の方に目をやっていた。今にもそこに、屋上から落下していく生徒の姿が映るような気がしたのだ。しかしその不吉な予感は外れ、窓の外には晩春から初夏に移り変わろうとしている空の呑気な青がただ広がっているだけだった。意識を耳に集中させてみたが、どこかで騒ぎになっている様子はない。ここ数日の間に決行されたのなら学校中で話題になって、無関心な僕の耳にもさすがに届いているはずだ。

遺書を書いた人間が、既に死んでいるとは限らない。タチの悪いイタズラの可能性だってある。僕はノートに視線を戻した。誰かの忘れ物であるなら読むことは躊躇われるが、もしこれが本当に「遺書」であるなら、そこに刻み込まれたメッセージを、誰かが受け取らなければいけないように思えた。

# 遺書

これは、何者にもなれない私が書き残す、長い長い遺書だ。

生きるのは苦しくて、夜に溶けて消えていけたらいいと思うのに、そう考えることが無性に寂しく感じる。自分が嫌いなのに、捨てきれない。消えたいのに、何かを残したい。誰とも会いたくないのに、誰かに認識されていたい。そんな矛盾を抱える自分が嫌だ。

自分の内側にぐちゃぐちゃに溜まった感情を吐き出す方法も、話をする相手もないから、このノートに書いていく。

私なんて、生まれてこなければよかったのにって、ずっと思ってる。

昨日、遺書のつもりでこのノートを書き始めたけれど、私が死んだら、誰かがこれを読むのだろうか。それは嫌だな、と思う。死ぬ前に燃やそう。

でも、誰にも何にも知られずに消えることは、やっぱり寂しい。

昨日、またお父さんに蹴られた。脇腹だったから、あざが服に隠れる場所でよかった。レンジで温めて出した夜食のお皿が熱かったかららしい。次から気を付けよう。

ごめんなさい。ごめんなさい。ごめんなさい。生まれてきてごめんなさい。

胸が痛くなり、ノートを閉じた。

きっと、夜間授業の時にこの席を使っている生徒が書いたものなのだろう。「私」という一人称や、気弱そうに小さく、けれど綺麗に並んだ字の印象から、女子生徒なのだろうかと想像する。遺書というよりも日記のような使われ方をしていて、やはりこれは他人が勝手に読んでいいようなものではないと感じ、机の中にそっと戻した。

この人の命の天秤は、「死ぬ理由」に大きく傾いているのだろう。どんな人なのか、顔も名前も知らないが、その苦しみが少しでも和らぐといい、と思う。

そうこうしている間に授業開始のチャイムが鳴った。数学のノートは見つからないままだ。今日がノート回収の日ではないことを祈りつつ、別の教科のノートを一時的に使うしかない。

数学の教師は、古典とは正反対で生徒に厳しい。休み時間で騒がしかった教室も、水を打ったように静かになった。しかし扉を開けたのは、いかつい体の体育教師だった。片足だけ教室に入って、室内を見渡して言う。

「数学の若木先生だが、熱が出たとかで本日は急遽お休みだそうだ。というわけで自習になるが、騒ぐんじゃないぞお前ら」

それだけ言い捨てて慌ただしく去っていった。途端に教室が喧騒に溢れる。騒ぐなという釘刺しなど何の意味も成さないことは、きっとあの体育教師も分かっているのだろう。

「古典の次自習とか、マジで今日楽園なんだけど」

「若木が熱とかザマあ」

「俺また寝よー」

「まだ寝んのかよお前」

などと言って騒いでいる。真面目に自習する気のある生徒は果たしてこの教室にいるのだろうか。

僕としても、ノート回収の可能性がなくなったことでほっと胸を撫で下ろしている。

「生きる意味なんてない」と諦観《ていかん》を抱えながら高校の成績を気にしているとは、小さい人間だな、と心の中で自分を嘲笑した。

しばらく窓の外を眺めてぼんやりと暇を持て余していると、どうしても気になってくるものがある。机の中で見つけた「遺書」だ。

あのノートにはまだ続きがあるようだったが、さっきは途中で読むのをやめてしまった。他者が勝手に盗み見てはいけないものだと思ったのもあるが、読んでいて胸が痛くなったというのが大きい。けれど、遺書というのは本来、読まれることを目的にしたものだろう。無念の訴えであったり、怨嗟《えんさ》の叫びであったり、悲痛な別れの言葉であったり。そういった切実な想いが、誰かに見つけられるのを待ちながら今もこの机の中で眠っている。そう考えると、気持ちのいいものではない。

物入れから再度ノートを取り出し、机の上に置く。表紙には何も書かれていない、何の変哲もない大学ノートだ。だからこそ始めはこれが、自分が置き忘れたものだと勘違いした。

父親から暴力を受けているらしい女性の書いた「長い長い遺書」。このノートを見つけた僕には、最後までこれを読む責務があるのではないか。表紙を開き、先ほどの続きから目を通していく。

日付は書かれていないが、空行を挟んで日が変わっているように見える。どうやらこの女性は（名前は書かれていないので不明だ）、父親と二人で暮らしていて、日中は何らかのアルバイトをして、夜間にこの高校に通っているようだ。父親の暴力は毎日ではなく、たまに行われるらしい。しかし女性に反抗や通報の意思があるようには見えない。しかたないことだと受け入れ、「自分のせいだ」と自罰的に考えているように思える。「ごめんなさい」という言葉が何度も現れる。重い自殺願望を抱えながら、命の崖縁のギリギリのところを歩いているような印象だ。

ここまでは日記のようだが、ノートの最後には本当の遺書があるのだろうか、と思うと胸が痛い。日々この人に増えていく傷を、読むたびに追体験しているような気分だ。

この人がまだ死んでいなければいい。少しでも報われることがあってほしい。そんな風に考えながらページを捲り、続きを読んでいると、文章の空気が変わった。

小説を書いてみようと思う。

自分を消してしまいたいけど、世界に何も残さないまま消えるのはとても寂しいと、ずっと思っていた。だから物語を作る。

不思議だ。「書く」って決めたら、少しだけ生きる力が湧いた気がした。私は小説を書く。そのために生きる。そして完成したら、心置きなく死のう。誰にも読まれなくてもいい。誰も救わなくてもいい。私が作った物語が、この世界のどこかに残っているという感覚が、飛び降りようとする私の背中を押してくれるだろう。

昨日から授業中にずっと小説を書いている。楽しい。自分で何かを生み出すということの楽しさを、これまで知らなかった。授業をちゃんと受けないと成績が落ちるかもしれない。でも、もういい。きっと私はここを卒業することはない。その前に死ぬから、だからもういいんだ。全部放り投げて、ずっと書いていたい。

日記にまだ続きはあるが、この「小説」が気になって、僕はパラパラとページを捲った。日記用にスペースを取っているのか真っ白なページをいくつか挟んで、それは始まっていた。

この星に潜む悪意を掻き集めて煮詰めたような黒が、空を満たしていた。

私は一人、夜の中で息を潜めてゆっくりと歩きながら、自分の命を終わらせる方法をぼんやり考えていた。

一人称形式の小説のようだ。今が自習時間なのをいいことに、しばらく読み進めてみた。

どうやら「翠《すい》」という名の少女が物語の主人公で、彼女はどういうわけか「親しい人を不幸にしてしまう呪い」を負っているようだった。舞台は現代の日本で、翠は高校に通っている。翠は、本当は人を愛したいし、愛されたいと思っている。でも親しくなる人がみな不幸になってしまうから、心を閉ざして、他者との関わりを断っている。

このノートの持ち主の女性が、自分自身を主人公に投影しているような気がした。気弱で、内省的、自罰的で、全てを諦めて生きているような、そんな印象。

ページを捲り、さらに読んでいく。

ある日、同じ高校に通うクラスの違う少年が、翠に声をかける（まだ名前を決めていないのか、少年の名が出る箇所は「〇〇」となっている）。翠は少年のことを知らなかったが、彼は翠に恋をしているという。生まれて初めて自分に向けられた他者からの好意に翠は喜ぶ。しかし、自分の「呪い」で少年を不幸にしたくない翠は、彼と距離を取ろうとする。

嬉しくないわけがない。こんな私を見つけてくれて、そしてこんな私を、好きだと言ってくれて。暗く閉ざしていた世界に光が射したような気持ちだった。誰かに求められるということはこんなにも自分の内側を温かく満たしてくれるのだと知ったし、そして同時に、この孤独な星の上で、自分はずっと誰かに必要とされたかったのだと、悲しいくらいに、気付いたんだ。

けれど。だからこそ、私は彼に救われてはいけない。私と親しくなれば、○○くんは不幸になる。それはこれまでの人生で嫌というほど味わってきた。家族も、ペットも、友達も、みんな傷付いて、私を恨んで、憎んで、そして離れていった。その度に心が千切れるような寂しさを感じていた。そんな気持ちは、もう味わいたくない。

翠は少年に冷たく接するが、それでも少年は翠に優しく寄り添い、次第に翠も彼を好きになってしまう。気持ちは伝えずとも、通じ合えていることを感じられる幸福な時間。けれどやはり、不幸は訪れる。翠の目の前で、工事現場の資材が崩落し、少年が巻き込まれてしまう。幸い軽傷で済んだが、翠は「やっぱり自分は人と親しくなってはいけない」と考えて、少年の前から逃げ出す。

なんてひどい呪いなのだろう。一体何の罰なのだろう。闇雲に走りながら、私は泣いていた。神様から一生の孤独を言い渡されたような気分だった。私は誰も愛せない。永遠に幸福になんてなれない。そんなの、何のために生きているのか分からない。こんな命、もう捨ててしまおう。

足が痛くて、息が切れて、倒れるように地面にしゃがみ込んで呼吸を整えた。しばらくして顔を上げると、誰からも忘れられたような裏通りで、見たことのない古びた文房具店の前に、私はいた。

翠は何かに呼ばれるように、ふらふらとその店に足を踏み入れる。薄暗い店内は無数の文房具が雑然と並んでいて、翠の他に客の姿はない。やがて店の奥から、店主と思われる老人が出てくる。魔法使いのようでも神様のようでもある、白く長い髭を蓄えたその老人は、翠をじっと見つめて言った。

「傷付いた人。君の願いを言ってごらん。望むものを一つ、あげよう。しかし気を付けなくてはいけない。現《うつつ》を歪める力は、どんなものにも、代償があるから」

急にそんなことを言われても私が驚かなかったのは、そのおじいさんの声が、嗄れているけれど心を直接震わせるような、不思議な力強さを感じさせるものだったからかもしれない。

考える必要もなく、私は答えた。

「私は、消えたい。誰の人生からも、私の存在を消してしまいたい。この星から、私を消したい」

老人は寂しそうな表情でうなずいた後、一つの消しゴムを翠に渡した。それは、人の記憶から自分を消すことができるものであるらしい。そして使った分だけ自分が世界から薄れていき、使い続けるといつか存在が消えてしまうというものだった。

消しゴムを受け取った翠は店を出る。そこで、逃げ出してしまった翠を探し続けていた少年と鉢合わせする。

「翠、よかった、探したんだよ。どうしたんだい、急に走り出して」

そう言って、○○くんが私に歩み寄りながら手を伸ばす。

愛情が怖かった。優しさから逃げたかった。もう誰も傷付けたくなかった。

だから私は、右手に持っていた消しゴムを、彼をめがけて空を切るように振った。

○○くんの足が止まった。彼の表情が消えた。私に向けて伸ばされた手が、ゆっくりと下ろされた。

彼が不思議そうに私を見る。目が合うと、ばつが悪そうに視線を逸らされた。

まるで、知らない人と偶然目が合ってしまった時のように、気まずそうに頭を下げ、そして彼は、私に背を向けて、歩き出した。

「あ……」

途端に後悔が押し寄せる。でも、待って、と、私は言えない。

彼はもう、私を忘れている。

後ろ姿が遠ざかっていく。表通りの光の中に消えていく。

「あ、ああ……」

寂しさが心を埋め尽くしていく。

私を好きだと言ってくれた、優しい人が、いなくなった。

幸せだった。初めての恋だった。なのにそれは、もうどこにもない。

「うあああ……」

望んだことのはずなのに、失ったものが大きすぎて、立っていられなくて、
硬いコンクリートに膝をつき、私は声を上げて泣いた。涙が止まらなくて両手で拭うと、自分の手が半透明に透けているのが分かった。

絶望した翠は、今すぐ世界から自分を消してしまおうと表通りに駆け出し、道行く

人めがけて消しゴムを振るう。けれど自分の体は消えていかない。翠に消しゴムを渡した老人は言っていた。相手から消した記憶の大きさに応じて、自分の消失も進行する、と。人付き合いを避けてきた翠には、自分を消せるほどの記憶を持っている人はいない。翠は途方に暮れ、立ち尽くす——

いつの間にか真剣に読んでいた。ノートのページはこの後白紙になっているから、物語はここで止まっている。これで結末にするには悲劇的すぎるし、小説としては短いとも思う。全体的に暗い雰囲気だったし、魔法使いのような老人や不思議な消しゴムなど突然出てきたSF的要素が若干気にはなるけれど、丁寧に描かれた主人公の感情が自分にも流れ込んでくるようで、読んでいるこっちも苦しくなっていた。翠にはなんとか幸せになってほしいと思うけれど、まさかこれで終わりじゃないだろうな、とページを手繰って、先ほど途中まで読んでいた日記の続きに戻った。

何の構想もないまま書いてきたから、この後どうしようか悩む。やっぱり最初にプロットというものを作るべきだったんだろうか。そもそもこれをハッピーエンドにしたいのか、バッドエンドにしたいのかも、自分の中でかたまっていない。

私に最後まで小説なんて書けるんだろうか。今、これだけが生きがいなのに、ちょっと不安になってきた。


書けない。続きが思いつかない。苦しい。書いていた時は楽しかったのに、書けないことがこんなに苦しいって知らなかった。

今日、お父さんの機嫌が悪くて、髪を掴まれて頬を叩かれた。登校までに腫れが引いてよかった。ごめんなさい。ごめんなさい。


書けない。思いつかない。つらい。


私にも、自分を消せる消しゴムがあればいいのに。

次の私の誕生日までに、小説が完成しなかったら、死のう。

物語をハッピーエンドにしたいのか、バッドエンドにしたいのか分からないのは、自分の人生をどうしたいか分からないからかもしれない。消えちゃいたいけど寂しいし、死にたくないけど死にたい。幸せになりたいけど、自分でそれを赦していない。そもそも幸せって何なのかも分からない。ずっと迷ってるし、ずっと悩んでる。

日記はそこで終わっていた。他のページを一通り見てみたが、続きと思われる文字は見つけられなかった。

つまり、このノートは、まだ遺書として完結していない。想像の域を出ないけれど、僕の願望も含まれているかもしれないけれど、これを書いている人は、まだ死んでいない。

ふう、とゆっくり息を吐き出した。久しぶりに呼吸をしたような心地だった。ひとまず安心はしたけれど、胸の奥がずっと痛い。ただ生きていることが救済ではない人がいる、というのは、身をもって知っている。このノートを書いた人や、物語の中の「翠」に、自分の中の傷が重なる。その消えない傷は、愛した人の形をしている。

守れなかった人がいた。

何よりも大切だったのに、誰よりも深く傷付けてしまった人がいた。

他の誰かに手を差し伸べたところで、その人は戻らない。別の誰かに今更優しくしたところで、それは自分を慰めるための、自己都合で自己満足な行動でしかないと分かっている。

それでも、ノートの向こう側にいる、静かに泣き続けているようなこの人に、何とかして笑ってほしいと、今の僕は感じている。それは悪いことだろうか。分からないけれど、悩んで立ち止まっていては、誰も救えない。

だから僕は、筆箱からシャーペンを取り出した。

*

夕方のHRが終わると教室は一気に騒がしくなる。部活に行く人、荷物をまとめて帰る人、席に座ったまま雑談に興じる人、様々だ。僕は部活に所属していないし、友人もいなければ予定もないので、ここに留まる意味はない。バッグを肩にかけ、席を立った。

教室を出る寸前、足を止めて振り返る。最後尾の、窓際の席。ノートは机の中に戻してある。僕の席に「遺書」を置き忘れていった人は、どんな人なのだろうか。

夜間定時制の授業は夕方から始まる。それまでに全日制の生徒は下校しなければいけないから、会うことはない。僕が勝手にノートに書き足したことを、その人はどう思うだろうか。怒るかもしれない。もしかしたら日記を読まれた恥ずかしさで、「死ぬ理由」の天秤を重くしてしまうかもしれない。分からないけれど、僕が書いたことが、届くといいな、と思う。

夜、スーパーで買った弁当をレンジで温めて、自宅のリビングで一人食べていると、仕事を終えた父が帰ってきた。父はただいまも言わず、僕に目もくれず、鞄を部屋の隅にドサリと置いて、長いため息と共にネクタイを緩めながら風呂場に向かっていった。

いつもそうだ。ここに住まわせてくれているのは助かっているが、同じ屋根の下に住んでいても、僕たちは他人よりも冷たく離れている。愛情の対義語は嫌悪ではなく無関心なのだという。果たして父の目に僕が映っているのか、もっと言えば、息子の名前を正確に覚えているかどうかも疑わしい。僕としても、あいつに対して愛情はおろか興味も関心もない。あの最低な母親と暮らすよりはマシという理由だけでこっちに来たんだ。

僕の両親は、僕がまだ小学二年の頃に離婚した。

それまで父と母は毎日のように言い争いをしていたから、二人が別れることでケンカがなくなるのならいい、と幼い僕は無邪気に考えていた。僕は母と二人で暮らすようになったが、母はすぐに新しい男を作り、アパートに連れ込むようになった。男が来る時、僕は百円玉だけ握らされ、雨の日だろうが雪の日だろうが、夜まで外で遊んでいるよう命じられた。カイロ代わりに自販機で買ったココアを抱えて暗い公園で震えながら、自分は愛されていないのだと、子供の僕は少しずつ理解していった。

中学卒業と同時に母の元を去り、父と暮らすようになった。およそ七年ぶりに会った父は痩せ衰えて、記憶の中で母を口撃するその人とはまるで別人だった。放埓な母と違い、父は自分の人生やそれを取り巻く全てに一切の期待を持っていないような、寡黙で虚ろな日々を送っていたが、その頃の僕は自暴自棄のどん底にいたから、放置されることは逆にありがたかった。

食べ終えた弁当の空き容器を洗ってゴミ箱に捨て、自分の部屋に戻った。窓を開けて空を見ると、大きな満月が出ていた。「遺書」のノートを書いた人は今どうしているだろう、と考える。父の生活音が聞こえなくなった後、風呂に入って、歯を磨いて、ベッドに潜った。

夕暮れの公園で独り、不安と寂しさに震えていたあの幼い頃から、僕の内側は何か暗いものに少しずつ削り取られていって、いつしか空っぽになっていた。でもそこに、温かく満ちるものをくれた人が、いた。

「いつか、本当に生きるのをやめたくなった時は、一緒に死のう」

もう何年も経ったのに、その声が、鼓膜から消えていかない。思い出すと泣いてしまいたくなるから、僕は寝返りを打って体を丸め、布団を頭まで引き上げた。

この、叶わなくなった約束は、もしかしたら今も僕の「死ねない理由」なのかもしれない。と、眠りに落ちる寸前、そう思った。

いつか。いつか。いつか。

ずっと待ち続けていれば、その日まで生き続けていれば、二人で一緒に目を閉じられる時が、訪れるかもしれない。

そんな想像があまりに儚くて、あまりに綺麗で、さすがに少し、泣いた。

＊

全日制の時間にこの席を使っているものです。すみませんが机の中に入っていたこのノートを自分のものと勘違いして、開いてしまいました。

「遺書」という言葉に驚き、そしてもしこれが本当に遺書であるなら、見つけた自分はそれを受け止めなければいけないと感じ、最後まで読みました。まだ遺書として完結していないようでほっとしましたが、勝手に読んでしまったこと、さらにこうして勝手に書き込んでいる無礼を謝罪します。ごめんなさい。

生きることって、苦しいですよね。僕もいつもそう思っています。死んで楽になりたいと自分もぼんやり考えているのに、他の人が同じ風に思っているのを知ると、こんなに胸が痛くなるんだな、と知りました。

そして重ねての謝罪ですが、小説の展開に困っているようでしたので、一つの案として、勝手に続きを書かせてもらいました。ごめんなさい。薄めの字で書いたので、気に入らなかったら消してください。（書いていて思いましたが、物語を作るのって、確かに、結構楽しいですね）

小説、面白かったので、最後まで読んでみたいです。翠がどうなるのか気になります。できれば、でいいんですが、また読ませてください。

そうだ、今日、満月だそうですよ。五月の満月は「フラワームーン」という別名があるそうです。様々な花が咲き始める月、ということらしい。そちらの授業が終わる頃には、もう暗くなっているでしょうか。帰る時に、よかったら空を見上げてみてください。

何かとても大切なものを失ってしまったような。

心にぽっかりと大きな穴が空いているような。

でもなくしてしまったそれが、何なのか分からない。

そんな不思議で、苦しい、喪失感が、胸の奥にずっとある。

「葉《よう》、次美術室だぞ、早く行こうぜ」

「ああ、うん」

高校の自席で頬杖をついてぼんやりしていた僕は、クラスメイトの友人に急かされ、席を立った。

「お前マジで最近変だぞ。何かあったのか?」

「変かな。いつも通りだよ」

「放っておくと永遠にぼーっとしてる。授業もほとんど聞いてないだろ。それがいつも通りだったら、お前の高校生活やべーぞ」

「そうかな」

「分かった、恋してんだろ。相手は誰だよ、教えろよー」

「違うよ」

「ちぇ、ノリ悪いなぁ」

事実、数日前から抱えているこの喪失感が体も心も支配していて、生きる気力のようなものが湧いてこない。授業も頭に入らなくて、今後ずっとこうであるなら、友人の言う通り進級も危ぶまれる。とはいえ、原因が分からないのだからどうしようもない。心療内科にでも行った方がいいんだろうか。

腕を掴む友人に引き摺られるように歩いていると、目的地の美術室から別のクラスの女子生徒が一人出てくるのが見えた。背が低く、髪で顔を隠すようにうつむいて、もうすぐ春も終わるというのに筆箱を持つ手にはなぜか手袋をしている。

うつむいていて周りが見えないのだろう、歩き出したその女子生徒は真っすぐに僕のいる方に向かってくる。ぶつかる寸前に僕の靴が視界に入ったのか、彼女は足を止め、慌てて顔を上げた。

「ご、ごめんなさい、前を見てなくて……あっ――」

目が合った瞬間、自分の心に空いた穴に温かな何かが急激に、心地よく、爆発的に満ちるのを感じた。反対に彼女はなぜか一瞬泣きそうな顔をして、すみませんと小さく言って頭を下げ、駆け出していった。僕は立ち止まって、その後ろ姿を眺める。

友人が隣に立って、言った。

「暗そうな子だったな。クラスに一人はいるよな、ああいう、頑なに誰とも関わろうとしない変な奴」

「あのさ」と、彼女が去っていった方を見ながら、僕は友人に言う。

「なんだよ？」

「一目惚れって、本当にあるんだな」

「……え、マジ⁉」

その後友人は何やら騒いでいたが、どれも僕の耳には入らなかった。僕はただ、彼女の姿がとっくに見えなくなった廊下を眺めながら、胸の中で燃え立つように脈動している、温かな感情の存在を感じていた。


その後、面白がる友人の手も借りて調べると、彼女は「水無月 翠」という名前で、同じ学年で隣のクラスの生徒だった。隣の教室に通っているのにこれまで見かけなかったというのは不思議だが、大人しく目立たない人のようだから、仕方ない。

廊下を歩く時、彼女の教室の扉が開いていると、視線は自然とその中に向いてしまう。彼女はいつも教室の隅の席に座り、一人で本を読んでいた。何の本を読んでいるんだろう。同じ本を読んで、感想を言い合ったりしたい。そんなことばかり考えている。僕を支配していた喪失感は、いつの間にか影も残さず消えている。

声をかける機会も勇気もないまま、数日が過ぎた。もはや習慣のようになっている、教室移動の際に開いている扉からまた彼女の教室をちらりと見ると、男子生徒が彼女に近付き、何か話しかけた。思わず立ち止まり、注視してしまう。胸の中に不安や嫉妬といった不快な感情が満ちていく。何の話をしている。まさか彼氏だろうか。彼女がいつも一人でいることに勝手に安堵していたが、そういった存在がいないとは限らない。

男子生徒から声をかけられた彼女はなぜか筆箱を開け、中から消しゴムを取り出した。それを中空に掲げると、相手に向けて左右に少し振った。すると男子生徒は数秒の間呆然と立ち尽くし、やがて首を傾げて歩き去っていった。

何が起きたんだ？　魔法でも見ているような気分だった。男子生徒は虚ろな表情で自分の席に戻り、彼女は何事もなかったように窓の外を眺めている。

その時、開いていた窓から風が吹き、彼女の髪を揺らした。そこで僕は目を見張った。髪に隠されていた彼女の耳が風で露《あらわ》になった時、その部分が半透明に透けているように見えたのだ。見間違いや錯覚ではないと思う。彼女の向こうに広がる空の青が、彼女の肌の色と混ざって、確かにその耳元を透かしていた。しかしすぐに風は収まり、再び黒い髪がそこを隠してしまった。

「また水無月さん見てんのかよ、葉。ストーカーになるなよ?」

突然友人から背中を叩かれ、我に返る。

「……今、見た? 彼女の耳」

「お前じゃねーんだからそんなにガン見しないって。なに、かわいい耳だったたって? お前って耳フェチだったの?」

「何でもない」

「そんなに気になるんなら声かければいいのに」

「いや……」

よく分からないけれど、僕が今声をかけても、先ほどの男子生徒と同じようになってしまう気がした。あの消しゴムは何なのだろう。なぜ水無月さんに話しかけた彼は、興味を削がれたように席に戻ったのだろう。

その後も僕は、彼女を観察した。友人にはストーカーだと揶揄されたが、「彼を知り己を知れば百戦殆《あやう》からず」だと孫子の言葉を引用したら、笑われた。

彼女があの不思議な消しゴムを使ったのは、先日の一度だけではなかった。教室内で誰かに話しかけられると、彼女は相手の方に向けて消しゴムを小さく揺らす。すると相手は自分のしていたことを忘れたように、その場を去る。信じがたいけれど、あの消しゴムは、相手から自分への興味や関心、あるいは記憶や想いなんかを消す力があるのだろうかと、僕は推測していた。

そしてもう一つ気付いたことがある。彼女が消しゴムを使うたびに、彼女の体が透けていく、ということだ。彼女自身はそれを認識しているのか、耳だったり、膝だったり、首だったり、薄れてしまった場所は、衣服や包帯などで隠しているようだった。きっとあの手袋の下も、消えかけているのだろう。これも現実離れした話だが、目の前で起こっているのだから、揺るぎない現実だ。いくつもの包帯を巻いた彼女は、体も、その内側の心も、ボロボロに傷付いているように見えた。

このまま透明になる箇所が増えていったら、最終的に彼女はどうなってしまうのか、分からない。なぜ彼女が、自分を次々と損ないながら、他人との繋がりを拒絶しているのかも分からない。自傷的な彼女の行動を止めたいが、そんなことはやめるんだと近付けば、他の人と同じように僕も興味や記憶を消されてしまい、そして彼女はまた、自分の存在を薄れさせるのだろう。

「何難しい顔してんだよ、葉」

廊下に立ち尽くしていると、友人に背中を叩かれた。

「いや、何でもない……」

友人は僕の視線が向いていた方を覗き込んで、言う。

「なんだあの女子、包帯巻いて。ケガでもしてんのかね。てか、このクラスにあんな子いたっけ」

僕は友人の顔を見た。ふざけて言っているような表情ではない。

「……あの人に声かけたの?」

「あ? 存在も知らなかった子にどうやって声かけるんだよ」

僕の知らないところで彼女に話しかけたのだろうか。昨日まで僕をストーカーだとか純愛だとか言ってからかっていた友人が、彼女の存在を忘れている。

不安が焦燥に変わっていく。彼女が、自分自身の消失を望んで死に急いでいるように思えた。

なぜ彼女は消えたがるのだろう。もしかしたらそれが、彼女にとっての願いで、救いなのかもしれない。でも僕は、それを止めたいと、強く思う。なぜだろうか。分からない。でも恋ってそういうものだろう。好きな人が世界から消えたがっていたら、命がけでも止めたいと思うのが自然だろう。

とはいえ彼女の自傷的な行動を止める方法は分からず、途方に暮れた僕は、放課後の町を彷徨い歩いていた。

話しかければ記憶を消されてしまう。それなら手紙を書いて机に入れるのはどうだろう。いや、そんなことするやつは警戒されそうだし、それで彼女の気持ちを変えられるとも思えない。

そんな風にぐるぐると思考だけが空回りして有意義な結論が出ないまま、気付けば薄暗い裏通りに迷い込んでいた。目の前に古びた文房具店があり、とりあえずレターセットでも見てみるかと、僕はそこに足を踏み入れた。

店内は僕の他に客はおらず、無数の文房具が息を潜めるようにしんと並んでいる。入って大丈夫だったのだろうかと不安に思っていると、店の奥から店主と思われる老人が現れた。立派な白髭を蓄えたその老人は真っ直ぐに僕の目の前まで歩み寄り、言った。

「今の君に必要なものはこれだろう。受け取りなさい、お代はいらないから」

枯れ枝のような手で渡されたものを見ると、一本の鉛筆だった。

「……あの、これは？」

「この鉛筆は、人の欠損を描き足して補うことができる。使いたい者に向けて、輪郭をなぞるように芯を動かすんだ。離れていても構わない。大切なのは心だ。ただし気を付けなさい。現を歪める力は、どんなものにも代償がある」

「代償？」

「この鉛筆は、使う者の命を削る。最後まで使い切った時、それは、使用者の最期の時となる」

その言葉に、肋骨の内側を冷たい手で掴まれたような気がした。突拍子もない話だけれど、疑問を感じさせない不思議な力が、老人の声にはあった。

僕は視線を落とし、手元の鉛筆を見る。これを使えば、消えていこうとする彼女の自傷的な行動を止められる。でもこれを使えば、僕の命が削られる。

そしてふと僕は気付いた。この不思議な店。魔法のような力を持つ文房具。まさか、彼女が使う消しゴムも、ここで――

「あの」

しかし顔を上げた時には、既に老人の姿はどこにも見えなくなっていた。


翌日、いつものように廊下に立ち、水無月さんの教室を覗く。彼女は今日も自席で一人、静かに本を読んでいる。昨日よりも包帯で隠された箇所が多いように見えて、胸が痛い。僕は鉛筆を持ち、その先端を彼女の方に向けた。

なぜ君が、そんなにもこの世界から消えたがるのか、その理由を僕は知らない。でも、ただ生きていることが救済ではない人がいる、というのは理解しているつもりだ。だから僕がしようとしていることは、君の願いを外から勝手に塗り潰す、卑劣な行為なのかもしれない。でも、身勝手な感情だけれど、君には消えてほしくないんだ。だから、ごめん。

片目を閉じて、鉛筆の先で彼女の輪郭をなぞるように動かした。効果が出ているのかは分からない。けれど、一周描き終わった時、心臓の辺りにズキンと鋭い痛みが走り、思わず顔をしかめた。手に持っている鉛筆も、少し短くなったように見える。それはつまり、あの老人の言葉を信じるならば、彼女の欠損を補えたということだろう。

僕の行為を不審がられないように、早々に自分の教室に引き上げた。胸の痛みは、やがて消えていった。

# 二話 ―― 暁の猫

朝、家を出て高校に向かい歩きながら、僕はずっとノートのことを考えていた。机の中に置き忘れられていた、名も知らぬ誰かの、未完の遺書。

昨日はほぼ全ての授業時間を費やし、ノートの物語の続きを書いた。翠視点で考えるのが難しかったので、翠に記憶を消された少年を中心に据えてみた。名前が「〇〇」のままでは不便だったのでしばらく考えてみたがいいものが思いつかず、若干適当ではあるが自分の苗字「葉月」から一文字取って「葉」と名付けた。小説を書くなんて初めてのことだから勝手は分からないが、僕もそこそこ本を読んでいたおかげか、見様見真似ではあるけれどそれなりに形になったようには思う。

ただ不安なのは、勝手に物語に追記したことで、あのノートの持ち主が気分を害さないか、ということだ。自分にこれまで創作の経験はなかったが、丹精込めて作ってきた作品に第三者が何かを付け足したら、不愉快になるのではないか。でも、日記部分を読む限り、続きを書くことに数日苦慮しているようだったから、参考程度に見てもらって停滞を打破するアイディアの足しにでもなればいい。気に入らなければ消してくれと断っているわけだし。

生徒玄関で靴を履き替え、階段を上りながら思う。きっともう、僕があのノートに触れることはないだろう。

ノートの持ち主は、昨日の夕方夜間授業に登校し、机の中のノートと、そこに誰かから書き込まれた文字を見つけ、怒りと羞恥に震えただろう。置き忘れたことを猛省し、二度と机には入れまいと決意したことだろう。

そう考えると、少し寂しい。自分が介入した物語の中の翠がその後どうなるのか気になるし、なにより、何度も「死にたい」と書いていた持ち主が心配だ。

でも、仕方ない。元々関わるはずもなかった相手だ。それに僕だって、命の天秤は常に「死ぬ理由」の方向に傾いている。生きることに消極的な僕のような人間が、自殺願望を抱える別の誰かを救えるとは思わない。

教室に入ると、既に何人かの生徒がいた。誰と挨拶を交わすでもなく、教室最奥の自席に向かう。バッグを机のフックに引っ掛け、椅子を引いて座る。暇潰しのための文庫本をバッグから引き抜く。栞の位置でページを開き――何気なく、右手を机の下の物入れに入れた。何も入っているはずがない。そう思いながら。

けれど、指先に何かが触れた。心臓がひとつ、跳ねた。

触れた物を引き寄せ、机から取り出す。昨日のノートだ。このノートの持ち主は、昨夜は登校しなかったのだろうか。それとも、既にこの世界から——思わず不吉な想像をしてしまい、体温が少し下がったような気がした。

パラパラとページを捲っていく。昨日僕が書いた文字が見えた。その下に、文章が増えている。気弱そうに小さく、けれど綺麗に並んだ字で。


他人の忘れ物のノートを勝手に読んで、さらに書き込むなんて、非常識です。

……と言いたいところですが、私はあなたを責められません。なぜなら、私は昨日、故意にノートを机に置いて帰ったからです。

なぜそんなことを、と思うかもしれません。最初は、本当に忘れていたんです。終業のＨＲが長引いて、焦って帰宅の準備をしたのがいけませんでした。玄関で靴を履き替えている時に、鞄にノートを入れていないことに気付いて、血の気が引きました。走って取りに戻れば間に合ったかもしれません。でも私は、迷いも躊躇いもありましたが、そのまま下校しました。

賭けてみよう、と思ったんです。

ノートを読んだのなら知っていると思いますが、私はずっと死にたいと思っていて、でもその決心もつかないまま、ずるずると命を引き摺るように生きていました。小説を書こうと思い立って、それを生きる意味にしようと決めて、一時期は楽しく感じてもいましたが、行き詰まって、苦しくて、自分でやるって決めたことも私はできないのかと、何もかも投げ出したくなっていました。

だから、ノートを置き忘れたと気付いた時、私は自分の命を、このノートの行く末に託しました。もし明日、ノートが汚されていたり、公開されて笑いものにされているようだったら、今度こそ、屋上から飛び降りよう。本当の遺書にしてやろう。そう決めて。

決めてしまうと、不安や緊張はありましたが、清々しい気持ちにもなりました。これでようやく、自分はこの星からいなくなれる。悩みも痛みも恐怖も後悔も自己嫌悪も全部手放して、無になれる。そう思うと、ずっと閉ざしていた心に風が吹き込むような心地でした。

でも今日、登校したら、ノートにあなたの書き込みがありました。全てに目を通した後、ふと教室の窓の外に目をやったら、真っ黒な夜空の中に明るい満月が浮かんでいて、なぜか分からないけれど、涙が零れました。

それは、多分、「まだ楽になることはできなかったんだ」と残念に思う気持ちと、「生きることは苦しい」と同じように感じている人が、昼と夜の違いはあるけれど同じ席という、こんなに近くにいたんだ、という感慨が織り交ざったものかな、と思います。

長々とすみません。今日は授業中にずっと、ここに書く文面を悩んで考えて、少しずつ書いていました。これを読んで、どう思われるのか分かりません。変なことに巻き込んでしまって、ご迷惑でしたらすみません。

書いてくれた小説の続き、読みました。記憶を消された少年の視点を出すのは面白いですね。私だけでは出てこない発想でした。それに、少年の方も不思議な文房具を手にしたことに驚きました。物語が膨らみそうですね。

未熟で恥ずかしいですが、最後まで読んでみたいと言ってくださりありがとうございます。少し、考えてみます。


ノートに追加された文章はそこで終わっていた。

椅子の背もたれに寄りかかり、ゆっくりと息を吐き出す。この人は、まだ生きていた。僕の昨日の行動は間違ってはいなかったということだろうか。

さらにページを捲ってみたが、小説部分は増えていなかった。そうすぐに続きを書き出せるものではないのだろう。

僕はバッグから筆箱とシャーペンを取り出し、ノートに向かった。他人の遺書に介入するという僕の暴挙は、どうやら赦された。けれど、これで終わりにしていいとは思えない。未だこの人の命の天秤は「死ぬ理由」の方に大きく傾いている。

もうノートは置かれないだろうと思っていたので、今朝机の中に見つけて、驚いたしほっとしました。物語の続き、楽しみにしています。あ、急かすつもりはないので、のんびりゆっくり、書ける時に書いていただければ。

プライベートなことに踏み込んでいいのか大変悩むのですが、お父さんからDVを受けているのでしょうか。ちょっと調べてみたんですが、相談できる機関があるみたいでここまで書いて、手が止まった。さすがに踏み込み過ぎかと思った。相手の傷に触れるにはまだ早いのではないか。そもそも父親からの暴力だけが、彼女の死ぬ理由ではないかもしれない。的外れな善意の押し付けは、相手の信用を失う気がした。筆箱から消しゴムを取り出して、「プライベートなことに……」以降を消した。

僕は先月この高校に転校してきたので、この町のことをまだよく知らないんです。どこか素敵な場所とか、おすすめのスポットがあったら教えてください。

近付き過ぎて、傷付けてしまわないように、少しずつ歩み寄っていければいい。そう考えて、当たり障りないことを書くだけに留めた。

ノートを机の中に戻したところで、始業のチャイムと共に担任が教室に入ってきた。

＊

一日の授業を終えて放課後、バッグを肩にかけて校舎を出る。ノートが他の人に見つからないか心配はあるが、勝手に場所を変えるわけにもいかない。

家に向かい、いつもの道を歩く。空はまだ青く、小さな雲がぽつぽつと浮かんでいる。春の中に夏の始まりが混じり始めたような、少し湿気を帯びた空気の匂いがした。疎《まば》らに立ち並んだ住宅と、少し歩いただけで目に入ってくるいくつもの畑。都会には程遠い、けれど自然溢れるわけでもない、開発途上の半端な田舎町。右を見ても、左を見ても、空を見上げてみても、どこにも想い出がない町。

どこにも、君のいた形跡がない町。

足が重くなり、歩くのをやめた。愛しい記憶は、あまりに遠い。僕はこんな所で、何をしているのだろう。どうしてこんな所まで来てしまったのだろう。不意に目の奥が熱くなる気配を感じて、固く瞼を閉ざした。

泣いちゃだめだ。泣くことは自浄だ。自己憐憫だ。そんなの、僕は赦していない。大切な人を傷付けた自分を、赦せるはずがない。

大きく息を吸って、ゆっくりと吐き出す。心を乾燥させていく。ドライに生きていれば、涙なんて出ない。でもそれって、何のために生きているのだろう。

天秤が軋む音がする。死ぬ理由が重くなっていく。泣き叫ぶような激しい悲しみはない。今すぐ屋上から飛び降りるような強力な衝動もない。けれど、静かに命を手放したくなる。生きる理由を失ったまま、抜け殻のまま生きることの、体の内側を満たしていく虚無の冷たさ。

あの遺書ノートの持ち主も、同じような気持ちで生きているのだろうか。いや、僕なんかよりももっと深く、重く、「死ぬ理由」を抱えているのだろう。それを少しでも軽くするには、どうすればいいだろう。生きる理由を増やすには、どうすればいいだろう。

風に吹かれて目を開けると、数メートル先を一匹の黒猫が歩いているのが見えた。首輪は見えないから、野良なんだろう。どうせ家に帰ってもやることがあるわけではないからと、気まぐれに猫の歩く方向についていくことにした。

猫は時折僕の方を振り返りながら、音もたてずに歩道の端を歩いていく。ひとつの混色もない漆黒の体が滑らかに光を拒絶していて、星のない夜が具象化した一つの形みたいだ、なんてふと思った。

畑のあぜ道を越え、藪を抜けると、開けた場所に出た。ひとけはないけれど、少し離れた位置に滑り台やブランコなんかの遊具が見えるから、ここが公園なのだと分かる。東屋《あずまや》のような、屋根のついた簡易的な休憩スペースもあった。

猫は公園の隅に座り込み、毛繕いをしていた。近くまで歩み寄ってしゃがんでも逃げようとしない。明けない夜のように思っていた黒い毛皮は、よく見ると淡い紫の光沢を持っていて、夜に喩えたことを心の中で謝罪した。君は夜明け前の幽かな光、暁の化身だ。

数日前に読んだ詩の一節を思い出して、口ずさんだ。

ああ、このおおきな都会の夜にねむれるものは、ただ一疋の青い猫のかげだ。

かなしい人類の歴史を語る猫のかげだ。

「われの求めてやまざる幸福の青い影だ」

「萩原朔太郎ですか」

突然背中の方で聞こえた声に驚き、振り返ると、胸元に小さな紙袋を抱えた一人の少女が立っていた。肩にかかる髪は無頓着にボサついていて、細いフレームの眼鏡の奥に見える目は、少し吊り上がって細められ、冷たい印象を受ける。低い背丈や幼さの残る顔の雰囲気から中学生くらいだろうかと一瞬思ったが、すぐに取り消した。その少女が、僕の通う高校の制服を着ていたからだ。

「……はい。つい最近読んだのが、頭に浮かんで」

黙って見上げているのが失礼にならないように問いかけに答えると、少女は「そうですか」とだけ言って、僕の横にしゃがんで猫を見た。

「青猫、ですよね。私も好きです、あの詩。なんだかこの世界が全部、一匹の猫が見ている曖昧な夢みたいに思えて、ちょっと気が楽になるというか」

「ああ、分かります」

少女は胸元に持っていた紙袋を開き、中から煮干しを二本取り出すと、それを黒猫の足元に置いた。猫はすんすんと匂いを嗅いだ後、口に入れた。お互いに慣れている様子から、何度か繰り返されていることなのだろうと思った。

「よく、ここに来てるんですか？」

「毎日ではないですけど、たまにこの子に会いに来てます。……本当は野良猫におやつをあげるのはよくないんでしょうけど、何というか、自分が誰かに必要とされている実感が、ほしくて。……ごめんなさい」

そう言いながら少女は、身を縮めるようにうつむいていった。

「その感覚も、分かります。世界に一人ぼっちだと感じるのは、寂しいですもんね」

母親から追い出され、暗い公園で独り震えていたあの日々。心や魂といったものが乾燥してヒビ割れていくのを感じていた。

少女はうつむいたまま、小さくうなずいた。

「さっきあなたを見かけた時、今日はおやつをあげるのは諦めて帰ろうと思ったんです。でも、青猫の詩を口ずさんでるのが聞こえて、なんとなく、この人は大丈夫そうって、自分と同じ空気を感じて。……あ、失礼ですよね、ごめんなさい」

「……いえ」

世界は残酷で、不条理で、排他的で。時折僕や、あの遺書のノートの持ち主のように、弾き出された存在をこの星の上に作り出してしまう。隣にしゃがんで猫を眺める、生きることが不器用そうなこの卑屈気味な少女も、きっと沢山の擦り傷を心に抱えているんだろう。

しばらく二人で、黙って猫を眺めた。辺りは静かで、時折柔らかな風が吹いて、やがて猫は丸くなって眠った。呼吸に合わせて黒い体が波を打つように揺れて、それを見ているだけで自分が肺の奥深くまで息を吸えているような気がした。この星で起こる悲しみや寂しさの全てが、猫の見る夢であればいいのに、と思った。

隣の少女がゆっくりと立ち上がった。

「私、そろそろ行きますね」

「はい」

「……あの」

何か言いたそうだったので続きを待ったが、少女は躊躇うように視線を逸らした。

「なんですか？」

「いえ、何でも、ないです。ごめんなさい」

そのまま目を合わせずに小さく頭を下げて、逃げるように公園を出て行った。

僕も帰るかと立ち上がり、もう一度猫を見た。呑気に眠る猫を見ていると、不思議と穏やかな気持ちになる。ここを棲み家にしているようだから、たまに様子を見に来るのもいいかもしれないと思った。そうなると、さっきの少女とまた会うこともあるかもしれない。

そういえば、人とまともに話したのも久しぶりだな、と、思った。

＊

転校生だったんですね。私もこの町の生まれではないので隅々まで知り尽くしてるわけではないんですが、しばらく考えてみましたけど特におすすめできるような場所は思いつかないです……。すみません。

今日、物語を書き足してみましたが、思うように進められません。まだ悩んでます。

翌日、ノートに残されていた文章は、昨日とは打って変わってシンプルなものだった。その代わり、書かれている通り小説の続きが追加されていた。僕が書いた葉のパートはそのまま残されていて、その続きとして翠のパートが増えている形だ。自分が書いた文章が物語に組み込まれたという初めての感慨に、少しだけ胸が躍った。こういうのは、リレー小説というのだろうか。授業中に何度か頭から繰り返し読み直して、その後返事を書き込んだ。

返事ありがとうございます。
確かに中途半端な田舎で、何もない町ですよね。駅前まで行っても大きなショップがあるわけでもないし。かといって自然豊かで空気が綺麗というわけでもない。外を歩いていると畑から上がる砂ぼこりで目が痛くなることもあります。おすすめできる場所を訊かれて答えに悩むのも分かります。変なことを訊いてすみません。

小説の続き、読みました。翠の物語の続きが読めることを嬉しく思います。昨日も書きましたが催促するつもりはまったくありませんので、気楽に取り組んでいただければと思います。

あ、そうだ。昨日公園で黒猫を見ました。人慣れしているのか僕のことを気にせずに昼寝を始めて、呼吸に合わせてお腹が上下するのを見ているのは、なんだか幸福な時間でした。はじめは星のない夜みたいな漆黒の毛皮だと思っていたけれど、陽が当たる角度によって淡い紫色の光沢を放って、まるで暁の猫だな、と感じました。

そんな黒猫に名前を付けるとしたら、あなたならどんな名前にしますか？

＊

放課後、黒猫を見ようと昨日の公園に足を運んでみたけれど、散歩にでも出ているのか、姿を見つけられなかった。

黒猫、いいですね。もふもふの生き物は、見ているだけで癒されます。暁の猫という表現、素敵だなと思いました。

名前ですか……その子がオスなのかメスなのか分かりませんが、どっちでもいけそうなものだと、「オーブ」でしょうか。フランス語で夜明けや暁を意味するそうです。個人的には、「黒豆」とか「おはぎ」とか、和っぽい名前もかわいいと思います。

小説、急がなくていいと言ってくれますが、私は早く作り上げたいんです。これが完成しないと死ねないと思うから。

だからもし、よかったら、また手伝ってもらえると助かります。無理にとは言いません。思いついたらでいいですので。

翌日増えていたノートの書き込みを見て、悲しくなった。この人はまだ、自分の死だけを見つめている。小説の執筆を手伝うのはいいのだけれど、この人がやがて死ぬため、と思うと気が進まない。けれど断ることもできないように思えた。このノートの持ち主は、書けないままでいることでも、自分の首を絞め続けているように感じられたから。

だからこの日僕は再び、授業時間一杯頭を悩ませて、翠と葉の物語の続きをノートに綴っていった。


帰りのホームルームを終え、校舎を出ると、黒猫のいた公園に今日も向かった。公園内は相変わらずしんと静まりかえって、ここだけ世界から切り取られて時間が止まっているような気がしてくる。公園というのはもっと、遊ぶ子供たちで賑わっているべき場所なんじゃないだろうか。

黒猫は一昨日丸くなっていたのと同じ場所で毛繕いをしていた。近付いてしゃがむと、猫は挨拶のように「なおう」と一声鳴いた。

「君の名前について、少し話したんだ」

僕がそう言うと、猫は体を舐めるのを止め、僕の顔を見上げた。

「野生動物に勝手に名前を付けるというのも人間的なエゴだとは思うんだけどね。でも呼び名があった方が何かと便利なことが多いから」

野良猫相手に僕は何を話しているんだろう、と思いつつ、続けた。

「オーブ、というのはどうだろう。フランス語で暁を意味するそうだよ。夜明け前の空のような君の紫黒《しこく》色の体にぴったりじゃないかな」

猫は黙って僕を見ている。

「気に入らない？　じゃあ、黒豆、というのは？」

猫に動きはない。

「ダメだよね。……念のため訊くけど、おはぎ、なんてのは」

なあう、と猫は鳴いて、足を体の下に曲げて昼寝の体勢に入った。それでいい、と肯定されたようにも、もう結構、と呆れられたようにも聞こえた。近しい人間である親の気持ちも分からないくらいだ、猫の気持ちなんて分かるはずもない。

やがて寝息を立て始めた猫の体を眺めていると、背後から足音が聞こえた。振り返ると、一昨日猫に煮干しをあげていた少女が、今日も胸元に紙袋を抱いて立っていた。目が合うと少女は小さくお辞儀をして、「寝ちゃいましたか」と言った。

「はい、ついさっき」

「残念、今日はおやつあげられないか」

「鼻先にでも置いておけばいいいんじゃないですか？」

「目の前で食べてるところを見たいんです」

少女は僕の隣にしゃがんで、猫を見る。少しきつい印象を与える、眼鏡の奥の鋭い目が、優しそうに細められた。

「犬とか猫とか、動物を愛しく感じるのは、言葉が通じないから、というのが大きいと思うんです」

そう少女が言う。

「言葉がないから、心を傷付けられることがないっていう安心感がある。人間が使う言葉は、時に見えない刃物になりますからね。動物の牙や爪よりも、よっぽど怖いです」

「分かります」

言葉の恐怖を知るこの少女は、心に刃物を突き立てられた経験があるのだろうか、と想像する。

「だから、人の話を聞くのは怖いし、人に話をするのも、怖い。意図しないところで、誰かを深く傷付けてしまうかもしれない。そう思うと、何も言えなくなる」

「僕と話してるのは、大丈夫なんですか？」

「あっ……。何か、ご不快だったら、ごめんなさい……」

「いや、そういうことじゃなくて。僕が邪魔だったら立ち去った方がいいかなと思っただけで。僕は全然大丈夫ですから」

少女はしゃがんだまま、膝を抱く腕の中に顔を隠して言った。

「……今日、あなたの姿を見かけて、ちょっと、嬉しかったんです。また、会えたって、思って」

その言葉の意味することが、僕の心臓を少し甘く叩いた。

「何となく、あなたは、猫みたいな印象があって。静かで、孤独を受け入れていて、自分の世界を持っているような感じで、だから、安心するというか……。あ、ああ、ごめんなさい、失礼ですよね。言葉が通じないとかそういうことじゃないんです。雰囲気の話っていうか。うう、こんなこと言っちゃうから、私はダメだって、分かってるのに」

思わず少し噴き出してしまった。少女の必要以上の卑屈さも面白かったが、「猫みたい」という評価が新鮮で、そして懐かしかった。僕を「猫みたい」だと言った人が、以前にも、もう一人だけいた。そんなに僕は猫っぽいのだろうか。

「いえ、大丈夫です。嬉しいですよ、そう思ってくれるのは」

「本当ですか……」

少女が少し顔を上げた。目が合うと、少し無理をしているような微笑みを浮かべた。

「あの、私、井澄千紘《いすみちひろ》と、いいます。すみません、自己紹介が遅れて」

「僕は、葉月漣です」

「レン……綺麗な音ですね」

それも以前、言われたことがある。苦しいほどの大切な記憶。

「あの、葉月さんは、北高の生徒、ですよね。制服を着ているので」

「はい」

「学年を訊いてもいいでしょうか。あの、もし年上でしたら、私に敬語を使っていただくのは悪いかなって、思って」

「二年で、十六歳ですよ」

「あ……一緒ですね」

「敬語、やめます？」

「葉月さんが、よければ……。敬語って、距離を感じてしまうというか」

「じゃあ、そうするよ」

僕が言うと、井澄さんは微笑んだ。無理に表情の筋肉を動かして作り出しているような笑顔だが、笑うと、冷たそうな印象が氷解するな、と思った。

「でも不思議だな。学年が同じなのに、これまで井澄さんを学校で見かけたことがなかった」

「あ、私、夜間の生徒なんです」

摩擦で静電気が発生した時のような、パチ、とした小さな衝撃を脳内で感じた。

同じ学年。夜間の生徒。まさか僕の隣にしゃがんで一緒に猫を眺めるこの少女が、あの遺書のノートの持ち主だろうか。そんな偶然が、とも思うが、ノートの向こうの相手と、井澄さんから感じる空気は、似ているような気がする。

確かめてみようか。机に遺書のノートを入れているか、と。けれど、消失願望を綴ったノートで筆談をしている相手が目の前にいると気付くのは、どんな気分だろうか。自分の想像の域を出ないが、それはできれば避けたいことのように思える。顔を合わせないままでいる方が、吐き出せる本音もあるんじゃないか。

そんな思考を数秒のうちに巡らせて、僕は心を決めた。井澄さんがあのノートの持ち主かは分からない。でも、もしそうだとしても、こうして会っている時は、そこには触れないようにしよう。

「井澄さん、敬語になってるよ」

「あ、ごめんなさい」

「ほらまた」

「あ、うう。慣れなくて。私から言ったのに、すみません」

「まあ、急に変えるのも難しいよね。少しずつ慣れていけばいいよ」

「……少しずつ、慣れていっていいんですか？」

「え？」

井澄さんの方を見ると、目が合った。彼女はぶつかった視線を逃がすように猫の方を向き、小さな声で言う。

「少しずつ、慣れるくらい、会ってもいいんですか？」

彼女が何を気にしているのか、分かった気がした。

「もちろん。井澄さんがよければだけど」

「……はい」

ボサボサの髪から覗く耳が赤くなっているのが見えた。

その後何を話すでもなく二人で黙ってただ黒猫を眺め、十分ほど経った頃、井澄さんは立ち上がった。

「じゃあ、私そろそろ、行きます」

「うん」

僕も立ち上がり、井澄さんと向き合う。井澄さんは何か言いたそうに僕を見上げ、口を開きかけて、またうつむいてしまった。

「どうしたの？」

「あの、じゃあ、失礼します……じゃなくて、あの……ま、また、ね」

そう言って小さくお辞儀をして、井澄さんは駆けていった。

三話 ―― 沢山の小さな想い出

井澄さんの名前を知った次の日、僕は遺書のノートで、敬語をやめる提案をしてみた。井澄さんは言っていた。敬語は距離を感じてしまう、と。確かにそうだ。相手に敬意を払った話し方ではあるけれど、文面を考えるのがいちいち面倒だし、それに敬語のままでは親しくなれる感じがしない。

遺書ノートの持ち主が井澄さんだと決定したわけではないが、別人だとしても、この人の「死ぬ理由」を少しでも軽くするには、敬意の壁を取っ払って、打ち解けて、本音の言葉を交換し合わなければいけないように思える。

翌日のノートには、次のように返事が書かれていた。

分かりました。私も敬語は堅苦しく感じていたので、そちらがよければ、これからはやめますね。って、敬語で書いてしまった。敬語やめるね。

私からも提案なんだけど、お互いの呼び名があった方がいいと思う。「そちら」とか「あなた」とかだと書きにくいから。とはいえ、本名を伝えるのは気が引けるので、仮名でいいと思う。平安時代なんかは本名は忌み名と呼ばれて、家族以外にはほとんど明かさずに暮らしていたみたい。枕草子の清少納言とか、源氏物語の紫式部なんかもそう。

だから、いい感じの仮名があったら書いて。

呼び名。それがないことの不便は僕も感じていたところだったから、ちょうどよかった。けれど仮名なんてどう考えてどう決めればいいのか、見当もつかない。数時間悩んで思いつかず、気晴らしにノートの小説部分を読み返しているうちに、もうこれでいいかと妥協気味の気分になった。

呼び名、とっても悩んだけど全然思い付かないから、リレー小説で書いている登場人物に倣って、「翠」と「葉」でどうだろう。もちろん僕たちは物語の中の彼らとは別の人格という前提付きで。

次の日の返事はこうだった。

分かった。じゃあよろしくね、葉くん。
小説の登場人物と私たちは違うけど、何だか不思議な感覚だ。自分が物語の中の翠になって、葉くんとノートで筆談しているような気分になってくる(ちょっとドキドキする)。

これを読んで、自分の胸の中にも微かに甘苦しい疼きが生じたのを感じた。
消失願望を抱えて、自分の存在を世界から消そうとする翠。そんな彼女に恋をして、密かに救おうとする葉。ノートを介してやり取りをする僕たちが、そんな二人に重なっていくような気分。

名前というのは不思議なものだ。平安時代に「人格を支配できる」として本名を呼び合うのをタブーとしていたのも、分かるような気がする。

＊

敬語をやめ、呼び合う名前を決めた。この効果は大きかったのか、ノートで交わす言葉は次第に心の距離を縮めていった。

翠は幼い頃から父子家庭で、昔から時折暴力を振るわれているようだ。ＤＶの相談窓口に連絡することを勧めてはみたが、彼女は、父がそうなった原因は自分にあると考えていて、常態化しているその家庭内暴力を、自分への然るべき罰として受け入れてしまっているようだった。その「原因」については教えてくれていないし、踏み込んで訊き出していいことでもないように思えて、触れていない。それに、父親から暴力を受けることだけが、彼女の「死ぬ理由」の本質ではないような気がしていた。

彼女が諦め、受け入れている家庭の問題を、僕が介入して変えられるとは思えない。心苦しくも僕ができるのは、翠が明日も学校に登校して、ノートを読もうと思えるように、小さな「明日を生きる理由」を、日々残していくことだった。

校舎の裏手に立派なダリアが咲いていたから、見てほしい。

図書室にあったあの本がとても面白かったから、読んでみて。

あそこのコンビニの新作スイーツが気になる。食べたら感想を教えて。

今日、綺麗な虹が出ていた。写真を撮れたから、明日印刷してノートに挟んでおく。

そんな風に毎日ノートに書き込んで、放課後になれば明日書くネタを探して町内を歩き回る。そして翌朝、ノートに翠の文字が増えているのを見て、ほっとする。そんな日々をしばらく過ごした。

翠が明日も生きるために。何か少しでも、素敵なことや、綺麗なものや、楽しいこと、面白いことはないか。そんな風に意識して生きていると、何の魅力もなく灰色にくすんでいるように思えたこの町も、それまで僕が目を閉ざして見ようとしていなかっただけで、小さく煌めく光はどこにでも転がっているのかもしれない。そう思った。

あの黒猫の公園で、井澄さんと会うことも多かった。約束をしたわけではなくとも、いつからかこの公園が、放課後の——彼女にとっては始業前の、二人の落ち合う場所になっていた。

「こんにちは、葉月くん」

「こんにちは。今日も煮干し持ってきたの？」

「ううん。今日はかつおぶし」

ノートの中の翠と同じように、井澄さんも敬語をやめて、僕たちは友人のように接していた。とはいえお互いに、活発に会話を交わすような性格ではないから、こうして会っても二人でしゃがんで黒猫を眺めるだけの時間の方が多かった。それでも、害意のない静かな人と、初夏の風に吹かれながら黙って猫の昼寝を眺めるのは、心地いい時間だった。

ノートの向こうの翠と、井澄さん。二人が同じ人物なのかは、確認できていない。でもそれでいいと思っている。以前井澄さんが言っていたように、言葉は人を傷付ける刃物になり得る。必要最低限のやり取りだけで、お互いに穏やかな時間を過ごせているなら、それでいい。

＊

そうしてひと月ほどが経って、梅雨入り間近の湿った空気を感じ始めた六月のある日、翠の文字でノートにこんなことが書かれていた。

昨日、誕生花というのを調べてみたの。誕生花って知ってる？　一年間の一日ごとに花が紐付けられていて、その花もそれぞれ花言葉を持ってる。古代ギリシャの時代に、自然や時間や月日にも神様が宿ると考えられていて、その日に咲く花は神様からのメッセージだっていう思想から広まっていったみたい。

それで、私の誕生花を見たら、キンセンカという花だったんだ。元気なオレンジ色でかわいい花なんだけど、花言葉は「別れの悲しみ」とか「悲嘆」「寂しさ」「失望」とか暗いものばかりで、こんなところでも私は神様から見放されてるのか、なんて思っちゃったよ。

誕生花も、花言葉も、僕はまったく知らない。でも翠がそのことで悲しんでいるのなら、それを払拭したいと思った。

スマホで調べてもサイトによって情報がまちまちで、そもそもキンセンカが誕生花に含まれていないものも多かった。やっと見つけたと思ったら、花言葉の欄には翠が書いていたように、悲嘆的な言葉ばかりが並べられていた。人間はこの花に何か恨みでもあるのだろうか。

昼休みに図書室に行き、誕生花や花言葉の本を調べてみた。キンセンカの持つ悲しい花言葉は、ギリシャ神話の水の精の悲恋から来ているもののようだ。太古の作り話からネガティブな言葉を背負わされ続けてきたこの花を、少し哀れに思った。まあ、仮に花に意思があったとしても、そんなこと気にも留めていないだろうけれど。

これは望み薄かと半ば諦めながら別の本を開き、キンセンカの欄を見ると、これまでとは違った花言葉が載っていた。そのワードをスマホにメモする。

そしてふと思いついて、キンセンカがいつの誕生花なのかを改めて調べた。一月十二日、二十日、二十九日、二月八日、二月九日……。これも書籍やサイトによってバラバラでまったく統一されていないことが分かる。国や地域によって由来となる神話や伝承、開花時期が違うから、仕方ないのだろう。

翠は以前、ノートでこんな風に書いていた。


次の私の誕生日までに、小説が完成しなかったら、死のう。

彼女は自分の次の誕生日をタイムリミットにしているようだった。今も同じかは分からないが、それがいつなのかは意識しておいた方がいいだろう。最短でも一月十二日ということになり、来週や来月とかではなくて、ひとまずほっとした。一月十二日、その日付に残る記憶に、少し胸の痛みを感じながら。

教室に戻り、ノートに書き込んでいく。

キンセンカ、調べてみたよ。鮮烈なオレンジが目を引く花だね。

花言葉はギリシャ神話の水の精の悲恋を由来にしているみたいだから、暗い言葉が並ぶのは仕方ないかもしれない。でも誕生花の言葉がその人の人生を象徴したり運命付けているわけではないから、気にしなくていいと思うよ。

それでも気になるなら、こんな言葉を載せている本もあったんだ。

初恋。変わらぬ愛。

愛した相手を見上げ続けて花になったクリュティエは悲劇かもしれないけ

れど、その光景に「初恋」や「変わらぬ愛」という言葉を当てると、受け取る印象が色を変えるな、と思ったよ。

ついでに僕の誕生花も調べてみたんだけど、カランコエという聞いたことない花だった。花言葉は「あなたを守る」「沢山の小さな想い出」だってさ。

＊

初恋、か。

その言葉って一見綺麗なものと捉えられがちだけど、初恋がうまくいった人って、どれくらいいるんだろうね。大抵は、苦かったり、つらかったり、悲しい記憶が関連付いていて、思い出したくない人が大半な気がする。

こう書いておいて訊くのは酷かもしれないけれど。

葉くんの初恋は、どんなだった？（嫌なら答えなくていいよ）

翌日増えていた翠の文章を読んで、ギシリと胸が軋んだ。彼女の言う通り、美しい感情や言葉のように扱われる「初恋」だが、それが成就する人など一握りだろう。

僕もその例に漏れず、自分の中の記憶をなぞろうとするだけで、叫びそうになってしまう。そこにある、何よりも大切で、愛しい過去。けれど何よりも苦しくて、心を引き裂く過去。

僕を形成する全部で、今も忘れられなくて、足枷のような、呪いにも似た過去。


いつか、本当に生きるのをやめたくなった時は、一緒に死のう。

かつてそんな約束をした、誰よりも近くに感じていた女の子が、いたんだ。


「君、一人なの？」

そよ風にも消えていきそうな、鈴の音に似た透き通った声だった。

七年ほど前の十二月七日。小学四年、僕の十歳の誕生日の日だった。とっくに陽の沈んだ暗い公園で、独り寒さと寂しさに震えながらブランコに座っていた。今日も男を連れ込んで僕を追い出した母はきっと、今日が息子の誕生日であることすら覚えていないのだろう。

明るいうちは幾人かはしゃぎ回って遊んでいた同年代の子供たちは、陽が傾き始めた頃には皆、親に連れられて帰っていった。まだ帰りたくないと泣く小さな子もいたが、僕にとっては、手を引いてくれる親がいることと、帰る先の家があるということが、何よりも羨ましかった。

きっと、とても当たり前な温もりであろうこと。それが僕には決定的に欠けているということ。その認識が、心を内側から乾燥させ、ひび割れさせていった。

母親から持たされた百円で買ったホットココアはとっくになくなって、氷のように冷たい空き缶だけが手元に残っている。街灯が落とす無機質な光の中で、誰にも必要とされていない自分という存在が、夜に溶けて消えてしまうような錯覚に取り込まれかけていた時、その声が聞こえた。

「君、一人なの？」

顔を上げると、自分と同じくらいの年の女の子が立っていた。暖かそうなクリーム色のダッフルコートを着ているが、寒さのせいか頬は薄ら赤く染まり、両手をポケットに入れて小さく震えているように見えた。

先ほどの問いかけが自分に向けられたものだと気付いた僕は、黙ってうなずいた。

「そっか」

お父さんやお母さんはどうしたのか、と訊かれることを覚悟したが、女の子はそれを言わず、代わりにこう訊いた。

「こんな所にいて、寒くない？」

「……慣れてるから」

咄嗟に異性の前で強がってしまったが、僕の声はかすれていた。女の子は「うーん」とうなりながら首を傾げて言う。

「本当は？」

「……寒い」

女の子はくすくすと笑ってから、ブランコに座る僕の手を引いて立ち上がらせ、「じゃあ、行こう」と言って公園の出口に向かい歩き出した。

「え……どこに行くの？」

「ひみつきち」

「え？」

「ひみつきちだよ」

「ひみつきち」

この子は一体誰なのか、なぜ陽も落ちた冬の公園に一人で来たのか、僕はどこに連れていかれてしまうのか。唐突な展開で発生したそんな不安や混乱は、「秘密基地」という蠱惑的な単語の前に影を潜めた。心臓が高鳴っていくのを感じる。でもそれは、どんな基地なのだろうという期待だけでなく、僕の手を握る女の子の手が、とても温かかったから、という理由もあっただろう。

女の子は僕の手を引いて歩きながら話し始めた。

「私、詩織《しおり》っていうの。みどりかわしおり。君は？」

「あ……漣、です。葉月、漣」

「レン。綺麗な音だね」

ぐいぐいと引っ張っていく態度から、年上の五、六年生くらいかと感じていたけれど、話してみると詩織は僕と同じ四年生らしかった。学区が違う小学校に通っているようで、だからこれまで姿を見かけたことはなかった。

十分くらい歩いただろうか。街灯もないような小さな川辺の道はほとんど真っ暗で、それでも詩織は躊躇うことなく草むらの中を突き進んでいく。やがて何か大きな箱型の塊が、闇に溶けながら佇んでいるのが見えた。近付くと、それは古びた廃バスであることが分かった。錆《さび》の浮いた車体には歪《いびつ》なドクロの絵なんかが描かれていて、本能的に恐怖を感じた。

「とうちゃくー」

「ねえ、ここ、大丈夫なの？　怖い人がいるんじゃ……」

「大丈夫だよ。そのドクロ、私が描いたんだもん。家にあったスプレーで」

「え……なんで？」

「こういうのが描いてあれば、普通の人は嫌がって近付かないかなぁと思って」

言われてみれば、黒い塗料で描かれたドクロはどこか幼稚な、女の子が描く絵のようなファンタジーなかわいさも持っていた。けれどそれを知らなければ、僕が感じたように近寄りたいと思わせない、不気味な威嚇の効果は抜群だろう。

詩織は軋むドアを開けて、ステップを踏んで廃バスの中に入っていく。僕も後に続いて、彼女の秘密基地に足を踏み入れた。中は何も見えないくらいの本当の暗闇で、後ろ手にドアを閉めた後、僕はそれ以上進めなかった。

先に入った詩織の姿も見えず、どうすればいいのかと躊躇っていると、突然目の前で上向きの光が点り、その中に詩織の顔が亡霊のように浮かび上がった。

「うわっ」

驚いてドアに背中を打ち付ける僕を見て、亡霊の詩織が笑う。

「あははっ、ごめんごめん」

「やめてよ、もう」

「ひみつきちに私以外の人を入れるのが初めてだから、なんかドキドキしちゃって」

詩織は手に持っていた懐中電灯を、通路を照らすように床に向けて、再び僕の手を取った。

「さあどうぞ。足元に注意してね」

頼りない明かりが映し出すその秘密基地は、シートは全て取り外され端の方に乱雑に積まれていて、ビニールシートや得体の知れない廃材のようなものが無秩序に並んでいた。バスというよりも見捨てられた小さな倉庫のようで、お世辞にも居心地がいいと言えるような雰囲気ではなかった。

瓦礫《がれき》の間に小さなスペースが作られており、詩織はそこに収まるように座って、僕を手招きする。躊躇いながらも左隣に座ると、詩織はぼろぼろの毛布を広げて僕たちを包み込んだ。狭い空間に子供とはいえ二人が詰め込まれている形だから、どうしても体が密着してしまう。

「寒かったねえ」

透き通るような声が、耳のすぐ近くで聞こえる。コート越しに触れている彼女の体が、小さく震えているのが分かった。

「……あの、なんで僕を、ここに連れて来たの？」

「え、もしかして迷惑だった？」

「あ、いや、そうじゃないけど……さっき、詩織以外が入るのは初めてって、言ってたから」

「だってひみつきちは、ひみつだからね」

「だから、なんでそのひみつきちに、会ったばかりの僕を」

「うーん」

これまで溌剌と喋っていた詩織が、考え込むように口を閉ざした。彼女が黙ると、秘密基地は耳が痛いくらいの静寂に包まれる。訊いてはいけないことを訊いてしまったただろうかと僕が不安になり始めた時、詩織はぽつりと音を零すように言った。

「……一緒だと、思ったんだ」

「え？」

「一人だったから。寂しそうだったから。私と一緒だと、思ったんだ」

僕と、一緒。

手を引いてくれる親がいなくて、帰る場所がなくて、誰にも必要とされなくて、命の意味がなくて、夜に溶けて消えてしまいそうだった僕と、一緒。

詩織はうつむきながら、躊躇うように、少しずつ言葉を続けていった。

「だから、放っておけないって、思ったのもあるし、この人なら、一緒にいてくれるかなって、思ったのも、ある」

自分の体の中心に、温かな熱が灯ったのを感じた。それは、寂しさに震えていた自分を見つけて気にかけてくれたことだけではなくて、僕というどこにも居場所のない欠落した生き物が、そんな僕だからこそ、この人の役に立てるのかもしれない、という実感がもたらす温度だった。

それは、自分がこの星に存在していることの意味を天啓のように与えてくれた、生まれて初めて感じた「生きる意味」だった。幼かった当時の僕には、自分の中に芽生えた感情を、そこまで明確には理解できていなかったけれど。ただその一瞬で、雷に打たれたような鮮烈な衝撃を、世界の彩りが爆発的に増えたような感動を、僕は確かに感じていた。

「僕で、よければ、一緒にいるよ、ずっと」

「ほんとう？」

「うん」

嬉しそうに、照れるように、はにかんで笑う詩織を見て、体の内側を熱が満たしていく。乾燥してひび割れた心に、泣きそうなほどの心地よさで、温かさが浸透していく。けれどそれと同時に、詩織の体の内側にも、僕と同じような、あるいはもっと深い傷があるのだろうかと、想像して悲しくなった。

その後僕たちは毛布に包まったまま、いくつも話をした。学校の授業のことや、嫌いな先生のこと、好きな食べ物だったり、お気に入りの文房具のことなんかまで。けれどお互い、家族のことについては話さなかったし、訊きもしなかった。きっと本能的にその話題を避けていたんだと思う。

誕生日の話になると、詩織は驚いた。

「え、じゃあ漣、今日が誕生日なの？」

「そうだよ」

「すごいね！」

「え、なにが？」

「私たちが出会った日が漣の誕生日なんて、運命みたいじゃん！」

そう言うと彼女は急に立ち上がった。毛布が床に落ちて寒気が体を襲う。詩織は通路に置きっぱなしにしていた懐中電灯のスイッチを消すと、僕が座っている場所の向かいの窓を、ガタガタと苦戦しながら開けた。

「ほら、こっち来て」

立ち上がって窓辺まで歩き、彼女が指さす方向、窓の外を見上げた。

そこには、これまで見たことのないような、無数の星が瞬く夜空が広がっていて、思わず息を呑んだ。

「冬は空気が澄んでるから、星が綺麗に見えるんだよ」

「すごい」

「私だけのひみつの景色だったんだけど、誕生日だから、漣には特別に見せてあげる」

「ありがとう」

「ごめんね」

「え？」

「急だったし、私にはあげられるプレゼントが何もないから、こんなのしか思いつかなかった」

「ううん、十分、素敵なものをもらったよ」

「そっか、よかった」

詩織が体をくっつけるように隣に立ち、小さな窓から一緒に星空を眺めた。これまでのどんな日々よりも優しい贈り物が、この胸の中で温かく光を放っているのを、僕は感じていた。

その日から、僕と詩織は頻繁に秘密基地で遊ぶようになった。

遊ぶといってもテレビもゲームもなく、走り回るようなスペースもない窮屈な廃バスの中では、二人で肩をくっつけて本を読んだり、詩織が持ってきたぼろぼろのトランプでババ抜きや神経衰弱をしたりするだけだ。

それでも、自分に居場所があるということと、自分がいることで詩織が喜んでくれているという実感があるだけで、最高に満ち足りた気分だった。僕を家から追い出す母の存在など些末なことに変わり、いつもうきうきとした気持ちでアパートを飛び出すようになった。人生や、自分の命というものや、町に吹く風の色や匂いまでが、これまでと百八十度意味を変えたように感じていた。

「漣って、ちょっと猫みたいなところあるよね」

秘密基地で肩を寄せながら、不意に詩織にそう言われたことがある。

「え、どういうこと？」

「あんまり喋らなくて、心に壁があって、人付き合いがさっぱりしててべたべたしなくて、自分の世界を持ってるような。でも、本当に必要な時には、そっとそばにいてくれる感じ」

「僕は猫を飼ってないからよく知らないよ」

「私も知らないけど」

「何だよそれ」

そう言って二人で自然に笑った。

こんな素敵な居場所と「生きる理由」を与えてくれた詩織に、言葉にできない感謝の気持ちが熱く胸を満たしていた。廃バスに射す夕暮れの優しい光の中で、隣に座って本を読む彼女の横顔を眺めながら、その感情に初恋という名が付けられることに、僕はゆっくりと気付いていった。

「ん、どうしたの、漣?」

視線に気付いた詩織が、僕の目を見る。その瞳の奥の、チョコレート色に波打つ美しい虹彩が見えるほどの近さ。ずっと見ていたいのに、照れくさくて目を逸らしてしまう。

「なんでもない」

「なにそれ、ふふふっ」

彼女が笑うと、体が触れている部分がくすぐったくなる。

苦しいくらいの愛しさと幸福で、胸がはち切れそうだった。

疑いようもなくこの頃が、僕のこれまでの人生――いや、今後全ての命の時間を含めても、最も温かく輝く、幸せな時間だった。

悲しいけれど、確かに初恋って、実らないことの方が圧倒的に多いだろうね。まだ幼くて、感情の扱い方とか、相手への適切な好意の表し方とか、お互いが傷付かない付き合い方も、何も分からない子供であることが多いからかな。僕の初恋は、小学四年の頃だった。空っぽになりそうだった僕に、命の意味を与えてくれた人だった。すごく感謝していたし、どんな言葉でもこの感情を正確には表せないくらい、大好きだった。

でも、僕が傷付けてしまった。もう取り戻すことはできない。

ノートの返事を書き終えて、また泣いてしまいそうになったから、目を閉じた。

一番大切なものが、過去にだけある。それはなんて空虚な人生だろう。

放課後、公園の隅で黒猫を眺めていると、井澄さんがやってきた。

「こんにちは、葉月くん」

「こんにちは」

井澄さんが持ってきた煮干しを咀嚼する猫を、黙って二人で見る。この猫は、いつも食べ物を持ってきてじっと眺めている二人の人間のことをどう思っているのだろうか。もしかしたら従順な召し使いのように考えているかもしれない。

「……私、この時間、好きだな」

「え？」

「こうして二人で、並んで座って、おやつ食べたり昼寝したりしてるおはぎを見てる静かな時間が、好き」

パチリ、と小さな電流が脳内で弾けた。

「……おはぎ？」

「あ、私が勝手に心の中でそう呼んでるんだ。この猫、黒いんだけど、光が当たると淡い紫色の光沢が見えるでしょ。だから、おはぎっぽいな、って……変、かな」

「いや、かわいい名前だと思う」

「そっか、よかった」

ノートでやり取りをしている翠も、以前黒猫の名前の候補として「おはぎ」を挙げていたのを思い出していた。

やはり井澄さんが翠なのだろうか。ただの偶然という可能性もあるが、そうなのかもしれないという気持ちが自分の中で強くなっていく。

井澄さんは膝を抱いて体を小さくしながら言葉を続けた。

「この時間だけは、いつもの嫌なこととか、憂鬱な気持ちとか、自分の命の意味の希薄さとか、そういうのをあんまり気にしないでいられる、気がする」

「……それは、分かる」

僕もそうだった。自分を傷付けないと信じられる生き物が近くにいるというのは、孤独ではないと思える穏やかで幸福な時間だ。

「だから――」

そこで言い淀んだ井澄さんの方を見ると、耳が赤くなっていた。

「これからも、こういう時間を、過ごせたら、嬉しいなって、思う……」

温かなものが胸の中に広がる。井澄さんが多少なり僕を好意的に思ってくれているのを感じる。それが嬉しくないはずがない。他者から求められるというのは、そのまま生きる理由に直結する。

（この人なら、一緒にいてくれるかなって、思ったのも、ある）

脳裏に詩織の横顔が浮かぶ。棘が刺さったように心が痛くなる。

こんなことは失礼だと思いながらも、どうしようもなく詩織の姿や想い出が、井澄さんに重なっていく。応えることで、何もできなかった過去の自分を救えるんじゃないかと、そんなありもしない幻想に囚われていく。

「僕も、同じ気持ちだよ」

そう言うと、井澄さんはこちらを向いて、はにかむように小さく微笑んだ。その光景に、また詩織の笑顔が重なる。胸の中に心地いい痛みを伴う温度が灯る。

僕は最低だ。井澄さんは詩織ではない。過去の後悔を今に重ねても、何も変わらないし、誰も救われない。

そっと深呼吸をして気持ちを切り替え、そしてふと思い付いたことを、僕は訊いてみた。

「井澄さんの誕生日って、いつ？」

「一月二十九日だけど……どうして？」

昨日調べたばかりだから、覚えている。それは、キンセンカを誕生花とする日付の一つと一致した。

「あ、いや、その日が来たら、お祝いしようと思って」

「ありがとう。ふふ、楽しみだな。葉月くんはいつ？」

「十二月、七日」

「うん、覚えておく。その日が来たら、お祝いするね」

「ありがとう」

「……いいな、こういうの」

「ん？」

「未来の約束があるって、楽しみなことがあるって、いいね。その日までは、生きてみようと思える力になる」

そう言う井澄さんは、微笑んではいるものの少し寂しそうな横顔で、ここではないどこか遠くを見ているようだった。その体や心に抱える無数の擦り傷が、少し見えた気がした。

（いつか、本当に生きるのをやめたくなった時は、一緒に死のう）

もう何年も前の詩織の声が、今も耳から離れない。僕も井澄さんのように、膝を抱えて体を丸く縮めていく。どうして僕たちは、こんなにも生きるのが下手なのだろう。

今すぐ自分の全てを消して、何も考えなくてよくなれば楽なのに、と思う。

生きることは難しくて、苦しくて、力のない僕たちには、時折その途方もない道程から、飛び降りてしまいたくなる時が、あるんだ。

けれど、同じように、消えてしまえれば楽なのにと思っている人に、そうならないでほしいと強く思う気持ちも、確かにある。この矛盾を抱えながら僕たちは、今日もこうして膝を抱えて、悩みながら、迷いながら、生きている。

教室でクラスメイトから話しかけられた時、咄嗟に消しゴムを使った。相手は少し呆然としたあと、不思議そうに首を傾げて、私の前から歩き去っていった。その日家に帰って、お風呂場で鏡を見ると、右耳が半透明になっていた。

体の透けた部分を包帯で隠して登校すると、普段話すこともない同級生が興味を持って話しかけてくる。

「水無月さん、だっけ。その耳どうしたの？　怪我でもした？」

私は消しゴムを使って、その人の記憶から私を消去する。私のことをほとんど知らない相手だから、自分の消失は少ししか進まない。けれどこれを繰り返していけば、誰にも迷惑をかけることのないまま、やがて私という存在を、この世界から消してしまえるだろう。

「あれ、うちのクラスにあんな子いたっけ？」

「さあ……。でもなんか、地雷っぽいから関わんない方がよさそうじゃない」

クラスの生徒が、教室の隅の席に座る私の方を見てそう言っているのが聞こえた。そう、私に関わらない方がいい。でも大丈夫。近いうちに私はいなくなって、そしていなくなったことすら、あなたたちは気付かないから。

そんな風に自傷的に過ごしていたある日、自宅の鏡に映った自分の耳が透けていないことに気付いた。手袋で隠していた両手も、いつの間にか肌色の光を反射して、向こうの景色を透過せずに遮断するようになっている。

私は愕然とした。どういうことだろうか。少しずつとはいえ順調に消滅に向かっていたというのに、これじゃあスタートに逆戻りだ。

葉くんの中の私を消してまで、ここまで来たっていうのに。

そう思うと、涙が出た。

何日か前、美術室の前で葉くんと鉢合わせしてしまった。彼は私のことを、完全に忘れていた。それでいいんだ、私のことなんて忘れてよかった。そう思うのに、寂しくて、胸に穴が開いたような気分になる。

早く消えてしまいたい。私という存在がこの星から消えてなくなれば、この寂しさも、苦しさも、痛みも、全てなくなるのに。

翌日から私は、行動のペースを上げた。教室で積極的にクラスメイトに話しかけ、その都度消しゴムで記憶を消していく。ひとつひとつの記憶は小さくても、積み上げていけば私を消せるはずだ。

昼休みにトイレの個室に入って制服をまくり上げ、自分のお腹を見た。ぼこぼこと穴が開いたように、所々が半透明になっている。この調子でいけば、数日のうちには私をまるごと消すことができるだろう。

けれど放課後、家に帰ってお風呂場の鏡に映る自分の姿を見たら、透けていた箇所が全て元通りになっていた。

何かが起こっている。お昼に見た時には確かに薄れていたから、消しゴムの効果がなくなったということではないだろう。以前迷い込んだ、不思議な文房具店の光景が脳裏に浮かんだ。あのおじいさんに確認したいけれど、どうやってあの場所まで行ったのか思い出せない。

あのお店には沢山の文房具が並んでいた。その全てに不思議な力が宿っているのだろうか。だとしたら、私以外にも、特別な道具を持っている人がいてもおかしくない。その人が、私を邪魔しているのだろうか。でも一体、何のために。

翌日私は、消しゴムを使う時に周りを意識するようにした。誰かが私の消失を邪魔している。それは、その人が私を認識して、覚えているということだろう。それなら、その記憶も消してやる。

一回目の休み時間には見つけられなかった。二回目も、三回目も、邪魔は入らなかった。そして昼休み、教室内で謎の存在になっている私に好奇心を持って話しかけてきたクラスメイトの女子がいた。彼女に消しゴムを使った時、ついに私は見つけた。

教室後方の開けられた扉。その向こうは廊下になっている。そこに一人の男子生徒が立っていて、鉛筆のようなものを私の方に向けていた。

私の邪魔をする人。その相手は、葉くんだった。

# 四話　君のいない現在

六月になり梅雨が始まると、黒猫「おはぎ」は棲み家を少し変え、公園の東屋のベンチで過ごすようになった。こうして雨を凌げる場所があるから、この公園に居ついているのかもしれない。

そして当然のように、放課後の僕と、始業前の井澄さんが落ち合う場所も、その東屋の屋根の下となった。木製のベンチの中央で丸くなって眠るおはぎを挟むように二人で座って、静かな雑談を交わしたり、黙って本を読んだり、しとしとと降り続く雨の雫をぼんやりと眺めたりして過ごした。

ノートでの翠とのやり取りも続いている。一冊目のページはもう尽きたので、僕が購入して机の中に置いた二冊目のノートを使っていた。

殴られるのはもちろん痛いし嫌だけど、でもお父さんがそうなったのはやっぱり私のせいだし、生活費とか高校のお金とか出してもらって負担をかけているのも私だから。私を殴ることでお父さんが少しでもすっきりするんなら、それでいいと思ってる。

それよりも、そんな風に周りに迷惑をかけながら生きている自分が嫌なんだ。私がいなくなれば、お父さんだって一人で気楽に暮らしていけるはずだし。この先私が生きていることで迷惑を受ける人が減るんなら、その方がいいんじゃないかな。

多分、私がいなくなって悲しむ人なんて、いないと思うし。

以前から感じていたことだけれど、小説の中の「水無月翠」のキャラクターは、やはり書き手である翠の影響を少なからず受けて生み出されている。卑屈で、悲観的で、自己嫌悪を抱えていて、自分が生きていることよりも、自分が消えることの方が周囲や世界のメリットになると考えている。「死ぬ理由」ばかりが重くなり、それに釣り合うような「生きる理由」が希薄になっている。

人は皆生きているだけで価値がある、なんて綺麗事を胸を張って言えるような人生を歩んでいない僕は、その厭世的な感情の存在を否定できない。僕の中にだって、そういった仄暗い部分はある。でも翠が自殺したら悲しいと思う。だから今日も僕は、彼女が明日も生きるための小さな理由を、積み重ねていく。

僕はこうして、ノート越しに君と言葉を交わす時間が心地いいんだ。交代で小説を書くのも楽しいいし、物語の中の翠と葉がどうなるのか、結末まで見届けたいと思ってる。
だから君がいなくなったら、少なくとも僕は悲しい。他の人のことは知らないけれど、それだけは確実だ。

＊

葉くん、いつもありがとう。
でも不思議なんだけど、ひとつ訊いてもいいかな。
どうして葉くんは、こんな私を構ってくれるの？

もっと楽しいこととか、大事なことはいっぱいあると思うよ。授業をまじめに受けたり、友達と遊んだり、趣味とか好きなことして、青春を謳歌したり。私と関わっている間、そういう時間や、そういうものに出逢う可能性を失い続けているんだよ。


翌日の翠の返事に、僕のペンはなかなか動いてくれなかった。

僕は、どうして翠とこうしてやり取りを続けているのだろう。

彼女が死にたがっていて、それを止めたいから？

じゃあ、なぜ止めたいと思うんだ？

そりゃあ、誰かが死にたいと思うくらい絶望していたら、寄り添って、話を聞いて、解決したいと思うのが、共同体の一員としての人間の自然な心理じゃないのか。

本当に、それだけか？　そんな単純で綺麗な感情だろうか？

……いや、本当は分かってる。

僕は、やはり、どうしようもなく、詩織の面影を、翠に重ねている。

生きているだけで傷付いていく詩織を、僕は守れなかった。

彼女を失ったことの後悔で胸に開いた大きな穴を、翠を救うことで埋めようとしている。それはなんて身勝手で醜いエゴだろうか。こんな不純な気持ちでは、結局翠まで傷付けてしまうのではないか。

でも、この薄汚れたエゴの中にも、純粋に、翠に消えてほしくないと思う気持ちもあるはずで。濁って沈殿した心に両手を沈めて、その透明な感情をそっとすくうように、僕は返事を書いていく。

二か月近くもこうして毎日やり取りしていれば、愛着も湧くし、死んでほしくないと思うのは当然だよ。

僕は中学の時、虐めを受けていた。そこそこ壮絶なもので、心だけでなく体にも痛みを与えるような、ひどいものだった。思春期でのそういう経験って、生きる気力のようなものを深刻に削っていく。でも当時、いつも一緒にいてくれる人がいて、その人のおかげで僕は生きていられたんだ。

世界が悪意の暗闇に満ちていると思っていても、ただ一人の味方がいるだけで、温かな火が灯るように感じられることがある。

君にとって僕が、そういう存在になれたらいいと、思ってる。


　小学の頃は学区が違い、僕と詩織は別々の学校に通っていた。けれど中学に上がると学区が統合され、同じ学校に通うことになった。

　中学に入学し、初登校となる朝、慣れない学ランを着てアパートの部屋を出ると、階段の下で詩織が待っていた。階段を下りて彼女の前に立つと、詩織はふわりと笑って言った。

「おはよ、漣。今日から中学生だね」

「……うん」

　ネイビーブルーのブレザーとスカート、白いブラウスの首元にはえんじ色のリボン。何日か前にいつもの秘密基地で見せてもらったこともあったが、詩織の制服姿は見慣れなくて、新鮮で、綺麗で、彼女が少し大人になったように見えて、胸が苦しかった。

「学ラン、カッコイイね」

「あ、ありがとう」

「じゃあ、いこっか」

二人で歩く初めての通学路は、春の暖かな匂いがした。満開の桜がそこかしこで揺れていて、時折ひらひらと薄桃色の花弁が舞った。冬を溶かした柔らかい陽射しが辺りに満ちていて、隣を歩く詩織の髪を煌めかせる。

僕は相変わらず詩織がいてくれるだけで幸福で、彼女への恋心で内側が埋め尽くされていた。その感情を伝えることなんて想像もつかない。世間的に言う恋人というものになれたらいいとは思うけれど、秘密基地を共有する関係性は恋人以上に特別な繋がりのように思えた。それに、もし感情を伝えて、彼女が悲しい顔をした時、今のこの心地よい透明な関係が終わってしまう気がして、そんなのはとても耐えられなかった。

「ちょっと緊張するな。同じクラスになるといいね」と詩織が言う。

「そうだね」

「クラスで新しい友達ができても、秘密基地のことは秘密だからね？」

「分かってるよ」

こんな何気ない会話でも、僕は嬉しくなる。詩織の中で僕が特別な存在であることが改めて確認できたようで。

玄関に貼られていたクラス分けを示す紙で、幸いにも僕と詩織は同じ教室に割り振られることが確認できた。嬉しそうにはしゃぐ詩織が眩しくて、幸運が照れくさくて、僕は不器用に微笑むことしかできなかった。

教室内では隣同士の席になり、授業中にもルーズリーフを交換して筆談して、教師や周りの生徒に気付かれないよう声を押し殺して笑い合ったりしていた。

詩織はすぐに同性の友達を作るかと思っていたけれど、学校での彼女は大人しくて、何かを恐れるように僕以外のクラスメイトとの関わりを避けているように見えた。

ある日、秘密基地で訊いてみたことがある。

「詩織はどうして中学で友達を作らないの?」

「うーん」

たっぷり一分ほど黙ってから、詩織は答えた。

「まあ、私には、漣がいるからいいかなって」

その言葉に心臓が締め付けられるように感じた僕は、もしかしたらその喜びに浮かれて、大事なことを見落としていたのかもしれなかった。

そんな風に中学生活の始まりは詩織と二人で過ごす時間がほとんどを占め、「常に女子といる男」として異端視される僕も男友達ができることはなかったけれど、そんなことは気にならなかった。僕にとって詩織といられる時間が何よりも愛おしく、大事で、彼女が抱え続ける正体の分からない孤独に僕が寄り添えるのなら、それ以外のことなど些事に過ぎないのだから。

しかし入学からふた月ほど経った頃から、クラス内に不穏な空気が漂い出した。二か月も経つと、新しい環境への緊張もとうに薄れ、教室という狭い社会でのヒエラルキーが明確な形で見え始める。声が大きくコミュニケーション力の高い生徒はグループを作り、気に入らない者を「攻撃していい者」と認定して、数の力で正当化した悪意を実行する。

初めにターゲットにされたのは、諸橋《もろはし》さんという背が低くて気弱そうな女子だった。グループの中心にはいつも疋田《ひきた》という女子がいた。靴や傘などの物を隠したり、ノートや机に落書きをしたり、バッグにゴミを詰めたりして、諸橋さんの反応を見てそのグループは笑っていた。教師も含めてクラスのほとんどは見て見ぬふりをし、生徒は自分が次のターゲットにならないことを祈りながら息をひそめて生きていた。

「諸橋さんはね、私が通ってた小学校でも、あんな感じで虐められてたんだ。その時もグループのリーダーは疋田さんだった」

秘密基地で肩を寄せながら、詩織は静かにそう言った。

「彼女、両親ともどこかの偉い立場の人みたいで、先生も注意しにくいみたい。親が偉いからって、子供まで偉いなんてことはないのにね」

「まったくだね」

「私、諸橋さんとはちょっと仲良くしてた時期もあって。大人しくて優しい子なのに、そういう、絶対に反抗しない相手を巧妙に選ぶんだよね。人間って汚いよ」

「全ての人間が汚いわけじゃないよ」

「そうだけどさ……。何か、できることないかな」

「公にかばったり、歯向かったりしない方がいいよ。ああいうやつらは、自分の支配に従わない人を全力で潰しにくるからね」

「だからって、このまま諸橋さんが傷付けられるのをただ見てるのはつらいな」

「事なかれ主義の担任もアテにならないしね」

詩織は何か考え込んでいるようだった。この時、彼女を止めておけば良かったのかもしれない、なんてのは、今の僕にも正解は分からない。

数日後、放課後前のＨＲで、担任教師が眉をひそめながら一枚のＡ４サイズの紙を掲げて言った。

「えー、先日、校長室にこんな手紙が入れられたそうです。手紙の内容を要約して説明します。『私たちのクラスで虐めが起きています。被害者は諸橋さんで、加害者グループの中心は疋田さん。担任の先生は見て見ぬふりをしているので、助けてください――』。

これを受け、臨時の職員会議が開かれ、教室内で真偽を問うこととなりました」

五十代の疲れきった中年の代表のような担任は、教室内に視線をゆっくり巡らせた。ひとつの熱も光も宿っていない瞳で、まるでポーズのためだけに首を動かしているようで、本質なんてひとつとしてその目に映っていないのだろうな、と僕に思わせた。

「先生はとても悲しいです。教室内でそのようなことが行われているという可能性についてもそうですが、先生に相談がないまま、こんな風に告げ口のような形を取ったことが一番悲しい」

担任は紙を教卓に置き、言葉を続ける。

「では確認しますが、疋田さん。あなたは諸橋さんを虐めているんですか?」

「いえ、そんなことしてませんよ。濡れ衣はやめてください」

苛立ちの籠った声で疋田は抗議した。

「むしろ諸橋さんがいつもひとりで寂しそうだから、遊んであげてたんです。それなのにそんな風に言われるのってひどいです。傷付きます」

担任は視線を疋田から諸橋さんに移す。

「疋田さんはこう言ってますが、諸橋さんの方はどうですか。善意で遊んでもらっているのに、虐められていると感じるんですか?」

教室中の注目を浴び、諸橋さんは肩を丸めてうつむいた。気まずい沈黙が教室を満たし、その中で担任はわざとらしくため息をついてから口を開いた。

「まあ、すれ違いや勘違いというのは誰にでもあります。今回は生徒の間で誤解があったということで、私の方から校長先生に報告しておきます」

僕の隣に座る詩織が何か言いたそうに口を開きかけた時、担任は続けた。

「ところで、もう一つ話さなければならないことがあります。この手紙を校長室に入れた人についてです」

詩織が口を閉ざした。僕の中で嫌な予感が膨らむよりも先に、担任は詩織を名指しした。

「あなたが校長室の扉の隙間に紙を差し込んでいるのを、教頭先生が目撃したようです。あなたがやったことの意味やその影響をきちんと理解していますか。クラスメイトや、担任である私を信用せず、一方的な思い込みと決めつけで、教室内に今のような不和を起こし、校長先生を始め沢山の先生方に余計な時間を取らせたのです」

「で、でも……」

聴く耳など持たないかのように、詩織の震える声を掻き消して担任は言う。

「その身勝手な行動に問題はありますが、クラスを想ってのことだと私は理解しますので、この件はこれで終わりとしましょう。十分に反省をしたのなら、今後同様の問題を起こさないよう、しっかりと自分の中で教訓にしてください」

感情の乗らない事務的な口調で言い終えると、いつも通り連絡事項を淡々と告げ、HRを終えて担任は教室を出て行った。その間、詩織はずっと唇を噛んで、何かに耐えているように見えた。

案の定、なんて陳腐でありふれた言葉でこの不条理と怒りを表現したくはないけれど、やはりその翌日から、虐めのターゲットは詩織に移された。彼女の机や下駄箱はゴミで溢れ、靴や体操着は絵の具で汚され、教科書には下衆な言葉が油性ペンでいくつも書き込まれた。

ターゲットの変更を経験したことで、その矛先が間違っても自分に向かないよう、クラスの大多数の傍観勢はより慎重に口を閉ざすようになった。結果的に詩織に救われた形となった諸橋さんも、縛り止められたようにただ自分の机を見つめるだけだった。

二人で秘密基地で過ごす時間も、詩織は笑わなくなっていった。

「漣は、絶対に私をかばったりしたらダメだからね」

「どうして」

「漣まで巻き込まれちゃうよ。私一人が耐えて、いつか嵐が過ぎるんなら、それでいい」

「でも、諸橋さんがターゲットにされていた時、詩織は見過ごさなかった」

「そうだけど、今は後悔してる。私バカだった。私なんかが何かしても、良くなることなんてないのに」

暗い廃バスの中で、膝を抱えた腕の中に顔を埋め、声を震わせてそう言う詩織に、どんな言葉をかければいいのか分からなかった。その頃の僕の体の内側は、何もできない自分の不甲斐なさと、狡猾な悪意に対する憎悪と、詩織を傷付ける世界への絶望がない交ぜになって煮え滾《たぎ》って、破裂してしまいそうだった。


過去を思い出しながら、シャーペンが折れてしまいそうなくらい強く握っていた。その手の痛みで我に返った。今は高校の授業中。詩織のいない教室。君のいない町。君のいない現在《いま》。

愛おしくて幸福な過去と、苦しくて破壊したい過去、その二つが同居している。白と黒、光と影。混ざり合わずに反発して、捻じれ合って渦を巻いて、それでも切り離せないから、僕の魂はずっとそこに飲み込まれて、繋ぎ留められて、置き去りにされている。

放課後、雨の中傘をさして、いつもの公園に向かった。

今日は東屋の中に井澄さんが先に座っていて、おはぎに煮干しをあげていた。

「こんにちは、井澄さん」

僕を見つけると、彼女は少しだけ嬉しそうに微笑んでくれる。

「こんにちは、葉月くん。今日も蒸し暑いね」

「もうすぐ夏が来るからね」

傘を畳んで、井澄さんとおはぎの隣に腰掛けた。細雨が東屋の屋根や公園の地面を叩き、静かなBGMに変わっていく。

「葉月くんは、夏は好き？」

「いや、あんまり好きじゃないな。暑いのは苦手」

「ふふっ、私も。でも『葉月』って八月の名前なのにね」

「苗字は関係ないよ。生まれたのだって十二月だし」

「じゃあ、冬が好き？」

「いや、寒いのも苦手」

井澄さんはまた小さく笑って、「私も」と言った。

「葉月くん、夏休みは、どう過ごすの？」

「うーん、今のところ特に予定はないけど、どうして？」

彼女は髪で顔を隠すようにうつむいて、答える。

「学校がない間、葉月くんとここで会えないのは、寂しいな、と思って」

とくん、と心臓が揺れたのが分かった。

「……じゃあ、暇な時は、ここに来るよ。ここなら屋根もあるし」

「あ、なんか、ワガママに付き合わせるみたいで、悪いな……」

本当に恐縮そうに体を縮めていく井澄さんがこのまま消えてしまいそうで、慌てて僕は言う。

「いや、ホントに何の予定もなくて暇だっただろうから、ちょうどよかったよ。文庫本でも持って来ようかな」

うつむいたままの井澄さんは、雨の音に紛れてしまいそうな小さな声で、

「どうして、葉月くんは――」

そう言った。

「え？」

「なんで、こんな、私なんかと、一緒にいてくれるの？」

どうして葉くんは、こんな私を構ってくれるの？

今日ノートで見た翠の一文を思い出した。また、井澄さんと翠が線で繋がっていく。公園の東屋が、あの秘密基地のように思えてくる。あの頃隣にいてくれた、傷付いていく女の子を、僕は守れなかった。

今度こそ、という気持ちが萌芽して、育っていく。

過去を重ねているのかもしれない。僕のエゴなのかもしれない。でも、感情は膨らんでいく。

翠に、井澄さんに、傷付いてほしくないし、死んでほしくない。僕はそのために行動していく。

そう決意すると、心の中が熱くなっていくのを感じた。命の濃度が低い僕は、誰かのために在ることで、強く生きられるのだと、改めて思う。

だから僕は、六月の湿度の高い空気を胸に取り込んで、声を出す。

「僕が、君と一緒にいたいと、思うからだよ。……ダメかな？」

井澄さんはうつむいたまま、両手を胸に押し当てて、静かに首を振った。髪に隠れて表情は分からないけれど、彼女は少し、泣いているように見えた。

雨の音が止んだ気がして東屋の外を見ると、陽の光が優しく射し込んで、濡れた公園の地面を輝かせていた。鳥たちの声がして、柔らかな風が僕と井澄さんとおはぎを撫でて通り過ぎて行き、途端に蒸し暑さが増す。それら全てが夏の始まりの合図のように、僕は感じていた。

しまった、と僕は思った。

廊下に立ち、教室の奥の席に座る水無月さんの輪郭をなぞるように鉛筆を動かしていたその瞬間を、水無月さん本人に見られてしまった。

彼女は驚きの表情を浮かべて椅子から立ち上がり、躊躇うようにゆっくりと僕の方に歩いてくる。どうする。逃げた方がいいのか。それともはぐらかすか。スケッチのイメージトレーニングをしてたんだ、だとか苦し紛れに言って騙し通せる自信はない。僕は嘘が下手なんだ。

そんなことを考えている間に、水無月さんは教室の入り口まで辿り着いてしまった。まずは謝るべきかと考えて、僕は言う。

「ごめん……消さないで」

「葉くん、どうして」

「え、僕のこと知ってるの？」

「え……？」

話が噛み合っていない。会話もしたことのない彼女が自分の名前を知っていることに僕は驚き、そして彼女は、僕がそれに驚いたことに、驚いたように思える。

水無月さんは周りの目を気にするように視線を巡らせた後、言った。

「ちょっとどこかで話さない？　人のいない、屋上とかで」

「え、でももうすぐ昼休みも終わるよ」

「もう、いいんだ。授業とか、成績とか」

廊下を歩き出した水無月さんの後ろをついていく。彼女は階段を上り、屋上に出る扉を押し開けた。空は梅雨入り前の陰鬱な分厚い雲が一面を覆っている。湿っぽい風が一つ吹いて、彼女の髪を揺らした。そこに見えた耳は、透明になっていない。

屋上の端のフェンスまで歩き、僕が隣に立つと、彼女は口を開いた。

「葉くんは、私のことをどれくらい、知ってるの？」

「え……そりゃあ、隣のクラスの女子で、名前が水無月翠ってことくらいしか」

僕の言葉で、なぜか彼女の横顔は悲しげなものになった。

「さっきの鉛筆は何？」

「それは」

答えあぐねていると、水無月さんはブレザーのポケットから消しゴムを取り出し、僕に見せた。

「うっ」

思わず一歩後ずさる。

「これが何か知ってるんだね。葉くんも、あの文房具店に行ったの？」

「う、うん。行った」

「……私はこの消しゴムで、色んな人から私の記憶を消してた。その代償は、消した記憶の大きさに比例して、この世界から自分の存在が消えていくことだって言われた」

「それは、何となく理解してる」

「どうして？　あのおじいさんから聞いたの？」

「いや、その……見てたから、君のことを」

「えっ」

彼女は驚いて僕の方を見た。その顔がみるみる赤くなっていく。

「なんで、私なんかを」

「いや、ごめん、不愉快だよな。でも、悪気があるとか、下種な下心とか、そういうのじゃなくて……」

ああ、こういう時、なんて言えばいいのだろう。誤解が生じないように、不快を与えないように、相手を傷付けずに、誠実な言葉で――

何も飾り立てなくていい気がした。心の中心に確かにあるこの感情を、そのままに、声に乗せる。

「君が、好きなんだ」

水無月さんはさらに驚き、ぽろりと涙を流した。その涙に僕は衝撃を受ける。彼女が泣いているということと、そしてその涙の美しさに。

「なんで、なんで」

震える声でそう繰り返している。

やはり迷惑だろうか、と悲しくなる。話したこともない男から突然好意を向けられても、困惑してしまうだろう。

「なんで……記憶を消したのに」

「え？」

彼女は顔をくしゃくしゃにして泣きながら、叫ぶように言った。

「なんで記憶を消したのに、また私なんかを好きになっちゃうんだよ！」

雷に打たれたような気分だった。記憶を、消した？　僕はすでに、あの消しゴムを使われていたのか。それに彼女は「また」と言っていた。僕は以前にも、彼女に恋をしていたのか。

「なんでって、言われても」

「嬉しかったんだよ。二か月前、葉くんに好きって言ってもらえて。生まれて初めてだった。誰かに必要としてもらえるのが。それだけで、暗くて灰色だった世界の意味が変わったような気がしたんだ。でも、私は誰かと一緒にいちゃダメなんだよ。私と一緒にいる人は不幸になるんだよ」

「一緒にいると不幸に？　まさか、そんな馬鹿なことが」

「本当だよ！　お父さんも、お母さんも、おばあちゃんも、ペットのクロも、みんな傷付いて、病気になって、不幸になって、私を嫌って恨んで憎んで、離れていった！　葉くんだって先月ケガをした！」

確かに僕は少し前に、工事現場の資材崩落に巻き込まれ、軽傷を負った。その傷は今も体に残っていて、時折思い出したように鈍い痛みを起こす。でもその瞬間や前後に至っても、僕は一人でいたはずで、水無月さんがそばにいた記憶はない。ただ、一人で何をしていたかを思い出そうとすると、頭の中に靄がかかるようにぼんやりしてしまう。これが、その消しゴムの効果ということだろうか。そんな非現実的な力がこの現実に存在しているということに、改めて戦慄する。

水無月さんは両手で顔を覆って、くぐもった声で話す。

「せっかく葉くんの中から私を消して、自分も世界から全部消すって決めたのに、また、そんなこと言われたら、嬉しく、なっちゃうよ」

「いいじゃないか！　嬉しくなってよ！　好きな女の子が自分の言葉で喜んでくれるなんて、男にとって最高の幸福なんだよ！」

「でも、私と関わったら、不幸になるよ」

「ならない。そんなの迷信だ。偶然の積み重なりだ。僕が一緒にいて、それを証明してみせる」

彼女はゆっくりと手を下ろし、真っ赤に濡れた目で遠慮がちに僕を見上げた。

「いい、のかな」

「何が？」

「私なんかが、幸せに、なっても」

「当たり前だ。幸せになっちゃいけない人なんていないよ」

「……本当に？」

「本当だよ」

彼女の手を取り、それを自分の両手で包む。振り払われることはなかったけれど、その手は微かに震えていた。

「だから、一緒に幸せになろう」

――水無月さんは顔を上げ、不器用に少しだけ微笑んだ後、小さく頷いた。――

（ごめん、これだとお話が終わっちゃいそうだし、こんなに簡単にこの子を幸せにしたくないから、取り消し線を引かせてもらいました。まだ問題も残ってるから、物語は続けます。異論なければ、ここは読んだら消して。ノートの外の翠より）

# 五話 ――― 僕たちの夏

夏季休暇が始まった。

約束通り僕は毎日昼過ぎにおはぎの公園に足を運び、東屋の屋根で太陽の猛威から隠れながら、井澄さんと会っていた。

夏休みだというのにこの公園で遊ぶ子供の姿は稀にしか見られず、この町も深刻なレベルで少子化が進んでいるのだろうかと井澄さんに話したら、笑われた。どうやら少し離れた場所にもっと広く、立派な遊具もある公園があり、子供が遊ぶのはもっぱらそちらになるのだそうだ。確かにここは、公園として最低限のブランコと滑り台が申し訳程度に設置してあるだけで、特別な魅力を見出せない。おかげで井澄さんと静かに過ごせているのは、僕にとっては魅力的な点ではあるのだけれど。

僕は図書館で借りた文庫本を持って来て読み耽ったり、休暇中の宿題を少しずつ消化したりしていた。井澄さんはいつも通りおはぎにおやつをあげて、それを食べる彼女（おはぎはメスらしい）を愛おしそうに眺め、そして僕と同じように本を読んだり、宿題を進めたりしている。

約束までしてこうして会っているのに、言葉を交わすのは少しで、基本はそれぞれ好きなことをして過ごしている。でもそれでいい。言葉は時に刃物になってしまう。それを知っている僕たちは、沈黙しても許される相手と同じ時間を過ごすことの心地よさも、よく知っているんだ。

夕方になり陽が傾き出す頃に、僕たちはお別れを言って公園を出る。特に明日の約束をしなくても、またここで会うことを、お互いに確信しているような安心感があった。

僕の中で井澄さんと翠は同一人物としてかたまりつつあるけれど、「葉」と「翠」としてのノートを介したやり取りは続けた方がいいと考えて、夏休みが始まる前に僕から提案をしていた。


もうすぐ夏休みが始まって、一か月以上この教室に通わなくなるけど、僕はこのノートでの翠とのやり取りとか、交代で書いている小説の執筆は続けたいと思ってる。翠はどうだろうか。

もし続けてくれるなら、校舎の裏の廃材置き場にダイヤル式のロッカーが捨てられているから、その中にノートを置いて交換するのはどうだろう。滅多に人の来ない場所だし、四桁の数字を指定してロックをかけられるのは確認済みだから、他の誰かに取られる心配はほぼないと思う。

これに対する翠の返事はこうだった。

廃材置き場のロッカーが使えるか確認してるなんて、用意周到だね。分かった。私も小説は早く完成させたいから、ひと月以上も止めたくないと思ってた。だから、賛成するよ。
ダイヤルの数字はもう決めてる？　決めてなければ、覚えやすいように「1207」でいいかな。

1207。何の数字だろうか。少し考えて、それが僕の誕生日と同じであることに気付いた。十二月七日。なぜ翠はこの数字を指定したのだろう。そういえば以前、井澄さんと誕生日を教え合ったことがあった。僕の誕生日を忘れないように指定してくれたのだろうか。

ともかくそういった形で、僕は夏休み中もノートでの筆談を続けていた。学校の机と違って隠し場所の利便性が低いから、一日ごとに交代で家に持ち帰って書くように決めている。持ち帰った人が翌朝ロッカーにしまって、もう一方が夕方にそれを取り出し、家に持って行く、という形だ。これまでよりも言葉の交換の頻度は減るけれど、自分の家でじっくりノートと向き合えるから、授業中よりも考える時間が取れる。

今日は僕が持ち帰る番だったので、井澄さんと別れた後にロッカーに向かった。校庭の方では運動部の声が聞こえ、校舎からは吹奏楽部の練習の音が聞こえた。ロッカーのダイヤルを１２０７に合わせ扉を開け、中のノートを取り出し、バッグに入れた。

スーパーで食材を買って、家で簡単に調理をして一人で夕食を食べる。父は相変わらず僕と関わろうとしないが、今更保護者面をしてきても迷惑なので、そのままでいてくれと思う。

ノートでのやり取りを始めた頃、葉くんが私に、この町に素敵な場所がないか訊いたことがあるんだけど、覚えてるかな。

その時の私は「特に思いつかない」と答えたんだけど、本当は一か所だけあるんだ。誰にも教えたくなかったんだけど、葉くんにならいいかなと思ったから、教えるよ。でも本当に大した場所じゃないから、期待はしないで。

学校から国分川の方に歩くと、川沿いの道に昔使われてたモノレールの車両が置かれてる場所があって、あれ実は中に入れるようになっているんだ。夕方以降暗くなると滅多に人も来ないから、誰とも会いたくない時はそこに入ってる。自分だけの秘密基地みたいで、安心するんだ。


不意に目に入った「秘密基地」という文字に、心臓がずきんと痛んだ。

バスとモノレールは違うけれど、どうしても過去の光景を思い出してしまう。そして、暗い廃車両の中で独りぽつんと座る井澄さんの姿を想像した。

秘密基地、いいね。この町にそんな場所があるのは知らなかった。今度探しに行ってみるよ。

実は僕も以前、秘密基地を持っていたことがあるんだ。それはモノレールじゃなくて、打ち捨てられたバスだったんだけど。

世界の害意や悪意に追いつめられていた時、そこだけが、自然に息のできる場所のように感じていた。すごく大切な想い出があって、でもつらい想い出もあって、多分僕は死ぬまでずっとあの場所を忘れられないと思う。

返事を書いて、リレー小説の続きも書いて、その日は眠った。

まだよく笑っていた小学生の詩織と、廃バスの秘密基地でトランプをして遊んだ時の、一番幸せだった頃の夢を見た。

*

翌朝、学校の捨てられたロッカーにノートをしまった僕は、翠が言っていたモノレールを見に行ってみることにした。

まだ朝だというのに真夏の太陽はギラギラと熱を発して、歩いているだけでも汗が滲んでくる。十分ほど歩いたところで、それが見えてきた。銀色のボディに青のラインが入った、一見すると一両分の電車の車両だけれど、電車と大きく違うのは車体の下部に車輪がないことだ。かつては懸垂式のモノレールとして走っていたのだろう。

車両は自分の胸元辺りまである台の上に乗せられていて登れそうにないけれど、雑草を踏みしめて裏手に回ると簡素な階段が設置されていて、そこを上がった。扉は閉まっているけれど、取っ手に手をかけて力を入れると、ゆっくりと開いた。中に足を踏み入れると、閉じ込められていた夏の熱気がむわりと僕を包んだ。

詩織の秘密基地もエアコンなんてあるはずもないので、夏はきつかった。なるべく窓を開けて風を入れたいけれど、窓を開けていると虫が入って来るので、詩織はそれを嫌がった。だから仕方なく、ランドセルに入っていた下敷きでお互いを扇ぎ合って暑さをしのいだ。汗で彼女の肌やブラウスが濡れて、それが子供ながら直視してはいけないもののように思えて、なるべくそっぽを向いていたのをよく覚えている。

廃モノレールの中は想像していたよりもずっと綺麗だった。シートが取り外されているようなこともなく、物が散らかって砂ぼこりで汚れているわけでもない。かつて入り浸っていた秘密基地とは正反対だ。僕は車両の真ん中辺りまで歩いて、シートに腰掛けた。窓の外には川沿いに生い茂る雑草と、遠い夏の空に広がる入道雲が見えた。翠は、陽も沈んだ薄暮の時、ここに一人で座って、何を思っているのだろう。

シートの背もたれに背中を預けて、深く息をつく。どこか遠くで蝉の鳴く声が聞こえる。こうしていると、どうしても思い出す。詩織がいなくなって、僕が一人になった後も、僕は相変わらずあの秘密基地に通っていた。かつて幸せの象徴だったあの場所に、独りぼっちでこうやって座って、後悔と自己嫌悪の汚濁にまみれて喉が裂けるまで泣き叫んでいた。


中学での詩織への虐めが徐々にエスカレートしていく中、僕は詩織に言われた通り、学校内では疋田グループの行為に対する糾弾や反抗をしなかった。しかし心の中では、僕にとって自分の命よりも大事な詩織が不条理に傷付けられ続けることに、はらわたが煮えくり返っていた。見て見ぬふりをすることも、限界になっていた。

梅雨入りして数日が経った、分厚い雲が空を満たしていたある暗く蒸し暑い日のこと。書写の時間に教師が「資料を取って来るから各自練習しておくように」と言いつけて教室を出て行ったことがあった。途端に一部のグループが騒ぎ出す中、僕と詩織は静かに筆を持ち、課題の文を半紙に書いていた。

嫌な予感はあった。悪意が働く環境が整っているのを感じた。疋田がいつものグループのメンバー二人を連れて諸橋さんの机に集まり、ひそひそと何かを話していた。

やがて、顔面蒼白になった諸橋さんが墨汁のボトルを持って立ち上がり、詩織の席まで歩いてきた。ごめんなさい、ごめんなさい、と、震えながら彼女は呟いていた。

そして右手のボトルを掲げ、詩織の頭の上で傾ける。人間の邪悪さを煮詰めたような真っ黒な液体がとぷとぷと音を立てて詩織の綺麗な髪を濡らし、額に垂れ、鼻や頬を黒く染めていく。

諸橋さんの席を囲っていた疋田たちが、堪えきれないようにクスクスと笑い出した。隠そうともしないその声を聞いて、僕の中で何かがどうしようもなく決壊したのを感じた。頭の中も体の内側も怒りで沸騰して、もう何も考えられなくなっていた。

椅子から乱暴に立ち上がり、疋田の方を向いて叫ぶ。

「いい加減にしろよお前ら！」

一瞬だけしんと静まり返った教室で、疋田が
「旦那がキレたんだけど！」

と笑いながら言うと、その取り巻きも声をあげて笑う。

「漣、ダメだよ」

制止する詩織の声も耳に入らず、僕はそいつらの所に歩いて行った。心が真っ黒に塗り潰されていた。

僕が目の前に立つと、疋田は不機嫌そうに顔をしかめて言う。

「は？　何。私たち何もしてないんだけど？」

僕はこれまで蓄積してきた全ての憎悪の炎を、痛いくらいに固く握った右手に宿らせて、疋田の頬を全力で殴り飛ばした。殴られたそいつは後ろの机にぶつかって、音を立てて机が倒れ、その上の硯《すずり》や筆や墨汁が床にぶちまけられる。周りの女子たちの悲鳴が耳を劈《つんざ》いた。

僕は倒れた疋田に近付き再度右手を振り上げたが、それは何かに止められた。見ると野球部の男子生徒が僕の右腕を掴んでいた。疋田といつも一緒にいる立原という浅黒い肌の男で、疋田の彼氏だと言っているのを聞いたことがある気がする。

「何してんだよ陰キャがよぉ！」

立原は僕の腕を強く引いて床に倒れさせると、真上から僕の顔を殴りつけた。ごどん、という重い音と共に固い拳と床の衝撃で気を失いそうな激痛が走ったが、すぐにそれを上回る痛みが腹部に打ち込まれた。歪む視界の中で、そいつに蹴られたのだと気付く。

やめて、と叫ぶ詩織の声と、周りの生徒たちが避難のため一斉に離れていく騒音が耳に届くと、その耳も蹴られた。耐えがたい痛みにその部分を手で覆うと、また腹を蹴られる。その衝撃で自分の口から得体の知れない液体が飛び出た。

「調子乗ってんじゃやねえぞ！」

一体僕が何の調子に乗っているというのだろうか。教えてほしい。

なぜ平然と人の心を傷付け笑う疋田は調子に乗っていると詰《なじ》られないのか、教えてほしい。

その後、騒ぎを聞いて駆け込んできた教師が割り入って止めるまで、僕は十回ほど蹴られ続けた。


僕の行動も、立原の応酬も、詩織に墨汁をかけた諸橋さんも、大問題となった。

しかしなぜか、一番の被害者は疋田ということになっていた。

それぞれの保護者が呼ばれ、ここ数年は一言も会話を交わしていない母が生徒指導室に来て、僕の頬を何度も叩いた。何人もの教師たちに囲まれて、僕は疋田に、立原は僕に、それぞれ形だけの謝罪をした。

疋田の親は娘の受けた暴行を過剰に膨らませて僕を少年院に入所させるよう怒鳴っていたが、校内から犯罪者を出したくない校長たちのしぶとい説得で、何とか宥められたようだった。

「もし娘の顔に傷が残るようなことになったら、損害賠償を請求させてもらいますからね」

帰り際に疋田の親からそう言われ平謝りしていた僕の母は、何てことをしてくれたんだと、再度僕の頬を叩いた。顔の痛覚がとっくに麻痺していた僕はもう、何を言う気にもなれなかった。

その後の展開は、誰もが予想した通りだったと思う。教室内の虐めのターゲットは僕に移された。それまでの、諸橋さんや詩織が受けていたようなものに加え、立原を中心とした男子連中も加わって、僕を様々な手段で、精神的にも肉体的にも痛めつけた。まるでそうすることが、僕によって平和を乱されたこのクラスの当然の責務ででもあるかのように。

連中は教師の耳目に触れない場所や状況を選んでいたが、もし疋田の親を恐れる教師たちがそれを認識したとしても、やはり素知らぬふりをするか、「生徒間での誤解があった」で済ませただろう。

僕は様々な絶望や恐怖や諦めという暗い感情を心の限界まで詰め込みながらも、連中の注目が僕に移されたことで詩織を傷付ける行為が軽減されていることを感じ、それが僅かな救いだった。

他の誰から蔑まれ、笑われようと。殴られ、蹴られ、汚水をかけられようと。詩織がいてくれるのなら、僕は僕を、ぎりぎりのところで損なわずにいることができた。

秘密基地での詩織は口数が減り、謝罪の言葉ばかりを口にした。

「ごめん。私のせいで」

「詩織が責任を感じる必要は一切ないよ」

「でも、やっぱり、私が悪いよ」

「そんなことはない」

「本当に、ごめん、なさい」

「頼むから、謝らないで」

「……ごめん」

詩織には笑っていてほしいのに、幸せでいてほしいのに、そうできない僕の弱さも、不都合な世界も、全てが憎かった。けれどそれらを憎んで恨んで呪うような気力も体力も、僕には残っていなかった。怒りという感情はエネルギーを使いすぎると、僕は学んだばかりだ。

「私ね、」

何かを言いかけた詩織は、その後黙り込んだ。

これから詩織が口にする言葉が、彼女にとってとても大切なことであるように思えて、僕は静かに続きを待っていた。

五分ほど、僕たちの呼吸の音だけが聞こえるくらいの静かな時間の後、詩織はその言葉を言った。

「ずっと、昔から、死にたいと、思うことがあるんだ」

そよ風にも消えていきそうな、鈴の音に似た透き通った声で。

彼女がそう思っていたことが悲しくて、大勢の大人たちの中で疋田に頭を下げた時にも流れなかった涙が頬を伝った。

「だって、生きることって、苦しいよ。つらいよ。こんなつらい思いをしてまで、生き続けなきゃいけない理由が分からないよ」

詩織も泣いているのか、頬の辺りを手で拭った。

「死にたいっていう気持ちが、生きていたいっていう気持ちを上回った時、人は死を選ぶんだと思う。だって、そうした方が楽だって思うから」

彼女の声は震えていた。僕は何を言えばいいのか分からず、ただ聞いていた。

「でも、私、もし漣がそう考えて一人で死んじゃったら、耐えられないくらい寂しくて悲しくて、壊れちゃうと思う。……漣は、私が死んだら、どう思う？」

「僕だってそんなの、耐えられないくらい寂しくて、悲しくて、壊れるよ」

詩織はほっとしたように息をゆっくりと吐き出した。

「うん、ありがとう。だからね、ずっと思ってることがあって。これまで言えなかったけど、今、言うね」

詩織は息を吸いこんだ。色んな想い出の詰まった、秘密基地の黴《かび》臭い空気を。

そして、言った。


「いつか、本当に生きるのをやめたくなった時は、一緒に死のう」


それは悲しい約束だった。けれどその言葉が、萎れ切った僕の心の底に、確かな温度として宿るのを感じた。

どんな苦しさも痛みも、悲しさも悔しさも、死ねば全部終わる。楽になれる。そんな救いのような瞬間を、詩織と共に迎えることができる。それはなんて悲しくも素敵な約束だろうか。

僕は右手を動かして、右隣に座る詩織の左手を握った。あの冬の公園で凍える僕の手を握ってくれた温かな手は、今は冷たく震えていた。

「うん、分かった。約束するよ」

そう言うと、詩織は僕の肩に、遠慮がちにゆっくり、頭を乗せた。


額から流れた汗が目に入って、僕は目元をぐしぐしと拭った。泣いたわけじゃない。午前中とはいえ、真夏の閉め切った廃車両の中は暑さで限界だった。翠は陽が沈んだ後に来ているとノートに書いていたけれど、夕方ならじっと座っていられる温度になるのだろうか。

シートから立ち上がって、車両出口に向かう。力を入れて扉を開けると、風が吹き込んで汗ばんだ肌を心地よく撫でた。

スーパーでペットボトルのお茶と出来合いのおにぎりを買って、いつもの公園に向かった。東屋のベンチに座り、昼食として先ほど買ったおにぎりを食べていると、おはぎがやってきてベンチに飛び乗り、僕の横に座った。

以前、猫にあげても問題のない食べ物を調べたことがある。炊いた白米は多量でなければ問題なかったはずなので、おにぎりの一部を少し分けて、おはぎの足元に置いてみた。おはぎは匂いを嗅いだ後、はくはくとそれを食べた。その様子を見ていると、井澄さんがいつもおはぎにおやつをあげたがるのも分かる気がする。心が温かくなっていく。

猫は人間の言葉を喋らない。だから僕たちの心を不条理に傷付けない。徒党を組んで精神的に追い詰めたりしない。不完全なコミュニケーション。だから心が安らぐ。この星で起こる悲しみや寂しさの全てが、猫の見る他愛ない夢であればいいのに。

米を食べ終えたおはぎが、前脚を揃えて行儀よく座り直し、僕を見上げた。言葉はないけれど、期待されているのが分かって少し笑った。

「ごめん、これ以上はやめておくよ。きっとまた井澄さんが煮干しか何かを持って来てくれるさ。僕が君を満腹にしてしまうと、井澄さんの楽しみを奪ってしまう」

僕の言ったことを理解したのかしていないのか、おはぎは「なおう」とだけ鳴いて、脚を折り畳んで丸くなった。

昼食を食べ終えた頃に、井澄さんが東屋にやってきた。

「こんにちは、葉月くん」

「こんにちは」

「今日も暑いねえ」

「うん」

日傘を畳んで、おはぎを挟んでベンチに座る井澄さんは、初めて会った時と比べると見違えるように、何というか、綺麗になっている。

ボサボサだった髪は、会う度に少しずつ整えられていって、今は夏の光を受けて艶やかに煌めいている。少しサイズの合っていなかった暗い色の制服姿も、夏休みは私服になって、今日は淡い青のシャツワンピースを着ていて、そこから伸びた色白な腕が眩しい。

眼鏡の奥の細い目は、一見冷たく寂しそうな印象を与えることは変わらないけれど、おはぎに向けて柔らかく優しい感情がそこに宿ることを、僕はもうとっくに知っている。

僕の視線に気付いたのか、井澄さんが顔を上げて僕を見た。目が合ってしまう。

「え、何？　どうかした？」

「あ、いや、ごめん、なんでもない」

慌てて視線を逃がすと、なにそれ、と言って井澄さんはくすくすと笑った。

こんなちょっとしたことでも、詩織と過ごした過去の光景が重なり、胸が痛む。

「そうだ、葉月くん、数学って得意？」

「それなりには」

「ホント？　宿題で分からないところがあるんだけど、ちょっと教えてもらってもいいかなあ」

そう言うと井澄さんはリュックから数学の問題集を取り出して立ち上がり、おはぎの反対側、僕のすぐ隣に座り直した。彼女の腕が僕の腕に触れて、そこに命の温かさを感じて、心臓が跳ねた。

「この因数分解の問題なんだけど」

「あ、ああ、これは、共通因数をくくり出して……」

自分のシャーペンで問題集に解法を書いていると、井澄さんはさらに体を寄せて、僕の手元を覗き込んだ。制汗剤の花のような香りが、彼女の方からふわりと広がった。

「なるほど、そうやるんだね。葉月くん、教え方が上手いね」

「いや……井澄さん、本当は解き方分かってるでしょ」

「え、なんで？」

「だって隣の問題、同じやり方だけど、完璧に解いてあるよ」

あ、と言って井澄さんは照れ隠しのように笑った。

「何でこんな嘘を」

「だって、夏が……」

彼女は顔を隠すようにうつむいた。髪の間からちらりと見えた頬が赤くなっていた。

「夏？」

井澄さんは僕の鸚鵡《おうむ》返しに答えず、髪で顔を隠したまま、まったく予想外なことを言った。

「……葉月くんは、キスって、したことある？」

「えっ」

唐突な問いに動揺しながら、脳裏に浮かぶのはあの蒸し暑い廃バスの秘密基地だった。

いつか、本当に生きるのをやめたくなった時は、一緒に死のう。

その破滅的に優しい約束を交わした後、僕の肩に乗せられた詩織の頭の重さと温かさに愛しさが振り切れて、体をねじって彼女に顔を近付けた。詩織は僕を見て、目を閉じた。涙が流れていた。僕も泣いていた。そのまま何も言わず、僕たちは汗と涙と絶望と愛情にまみれた口づけをした。

思い出すだけで胸が痛くなる。あの時はもう戻らない。

「……ある、よ」と、掠れた声で答えた。

「そっか、あるのか。いいな」

少し寂しげな声でそう言うと、井澄さんは立ち上がり、おはぎの横に座り直した。

そして膝の上に問題集を広げて、すらすらと解き始める。

普段は黙っていても気にならない、寧《むし》ろ沈黙が心地いいような関係性なのに、今は何か言わなければいけないような気がした。僕は混乱していた。

夏。夏がどうしたんだ。なぜ唐突にキスのことを訊いたんだ。いいな、というのはどういうことだろうか。僕に対しての言葉なのか、それとも、僕のキスの相手に対してなのか。

考えても何も答えが出ない。かといって今のは何だったの、と問い質《ただ》すのも違うように思えた。

だから、何か言わなくては、と焦った僕の口は、軽はずみに言ってしまった。

「そういえば今朝、秘密基地に行ってみたよ」

え、と井澄さんは顔を上げ、僕の方を見る。

発言を後悔したのはすぐだった。これまで井澄さんが、僕を「葉」だと気付いていたかは分からない。でも遺書のノートでやり取りをする「翠と葉」は、こうして対面で会っている僕たちとは切り離して存在しているべきなんだ。

対面では話せないことも、文字の交換でなら言えることもある。彼女の消失願望をうまく受け止めて別の方向に向かわせるには、これまで通りこの現実とノートを無関係なものとして、あるいは、「気付いていたとしても無関係なものだとお互いに装って」いることが大事に思えた。

でも、僕が言ってしまったことは決定的だ。昨日翠がノートに書いた秘密基地のことを話題にしてしまった。ノートの中の、文字だけの関係である「翠と葉」が、現実に紐付いてしまう。今更取り繕ってももう遅いだろう。

けれど僕のそんな憂慮をよそに、井澄さんは小さく笑って言った。

「秘密基地って、男の子っぽくていいね。でも葉月くんもそういうのに興味あるって、ちょっと意外だな」

「え……」

「どんな場所なの？　あ、でも秘密基地っていうくらいだから、教えてもらえないかな」

井澄さんの表情や言葉は、「目の前の相手がノートの中の葉だと気付いた上で、気付かないフリをしている」ものとは思えなかった。

「いや……川沿いに置かれてる、モノレールの車両なんだけど」

「ああ、あれかぁ。私も前に一度だけ見たことあるよ。そっか、あれ中に入れるんだ」

完全な演技をしている可能性もあるけれど、これまでの井澄さんの言動から、そういった「フリ」が上手いようには思えなかった。

それは、つまり、井澄さんは「翠」ではない。僕の頭の中で勝手に引いていた、その二つの名前を繋ぐ線が途切れた。

「あの、ちょっと変なこと訊くけど」

「うん？」

「井澄さんって、学校の机に、わざとノートを置いて帰ったこと、ある？」

「なにそれ、そんなことしないよ」と彼女は笑った。自然な反応だ。

思えば、偶然の一致が重なって、翠は井澄さんなのだと僕が想像していただけに過ぎない。夜間の同じ学年の生徒であること。卑屈気味な性格。黒猫の名前。

でも、違った。この星から消えたがって、机の中に「遺書」のノートを残した翠は、別の場所にいる。

「よかったら、私も今度その秘密基地に招待してよ。中がどうなってるのか見てみたいな」

「ああ、うん、分かった……」

そう答えた僕の声で、動揺していることに気付かれなかっただろうか。井澄さんは小さく微笑んで、問題集に視線を戻した。

中学一年の夏の始まりに、あの秘密基地で詩織と命の約束をして、泣きながらキスをした。

その後に訪れた夏休みは平穏だった。学校に行く必要がなければ、疋田や立原たちと会うこともない。けれど、現実に存在する地獄を見せつけられた僕たちは、これまでのように無邪気に遊んで笑い合うような空気にはなれなかった。

夏季休暇が明けて登校が再開すると、連中は活き活きとした表情で、彼らの言う「イジり」を再開した。彼らにとってターゲットと見做《みな》した者をいたぶるのはレクリエーションであり、教室内の異分子を排除するための正義の行いでもあるのだろう。

僕は心と魂を麻痺させて、それらの行為を受け流すように受け入れた。肉体的な痛みを伴うものでなければ、あらゆることは些末なことと次第に思えるようになった。

だって僕には、詩織との約束がある。本当に死にたくなったら一緒に死んでくれる、最愛の女の子がいる。そんな特別な存在はお前たちにはいないのだろう、という偏った優越感さえも、心の片隅にはあった。

そんな風に、柳に風、暖簾《のれん》に腕押し、糠《ぬか》に釘の体現者となりつつあった僕は、死を選ぶことのないまま二年生になった。教師の配慮なのか偶然なのか分からないけれど、二年も僕と詩織は同じクラスだった。疋田は別のクラスになったが、立原が僕とクラスメイトであることは変わらなかった。

学校という名の牢獄は、卒業してしまえば二度と戻ることはない。あと二年の刑期を乗り切れば、詩織と二人で自由になれる。どこか遠くの高校を受験して、アルバイトでもしながら、安いアパートを借りて二人で静かに過ごすのもいい。そんな仄かな希望を抱くようにもなっていた。

放課後、いつもの秘密基地で彼女に訊いたことがある。

「詩織は高校受験って考えてる?」

「うーん」

悩んだ声のまま答えはなかったが、その頃の詩織はこんな風に歯切れの悪い応答が多かったので、この時も、まだ何も決めていないのだろう、と僕は受け取った。

「良かったら、一緒に他県の高校を受験しない?」

そこで一緒に住まないか、とまでは、まだ言う勇気はなかった。

「……うん。いいね、それ」

「でしょ。どんなところがいいかな。暑いのは苦手だから、涼しい場所がいいな。あ、でも雪が沢山降る地域は冬が大変そうだね」

だんだん楽しくなってきた僕は国内の色んな地域に想いを馳せて、夢物語のように未来の可能性を語ったけれど、その時の詩織が無理して笑っていただろうことに、気付けなかった。

桜が散って、梅雨が明け、夏が来る。期末試験も終わって気も抜けた教室は、もうじき訪れる長期休暇にばかり意識が向いてそわそわと浮き立っている。そんな頃だった。

反応が薄い僕への「イジり」に飽きていたのか、立原は趣向を変え、どうやら、僕と詩織の関係を引き裂くことに執心しているようだった。噂で聞いた、学年が上がったと同時に疋田に振られたということも、彼の行動に影響していたかもしれない。

連日飽きもせずに僕の席に来ては、彼らの間で「旦那」「嫁」と揶揄されている僕と詩織の関係を根掘り葉掘り聞き出そうとした。中にはその年代特有の、吐き気を催すような下劣な欲望に満ちた質問もあったが、心を麻痺させている僕は適度な嘘も織り交ぜつつ、彼らがなるべく早く満足するであろう回答を淡々と返していた。

僕が虐めを受ける分には、僕一人が耐えていればいいのだから、問題はない。けれど彼らの悪意の矛先が再度詩織に向けられたら、僕は耐えられない。学校の中だけでも、僕らの関係は断ち切った方がいいのかもしれない。どうせ席も離れている今、校内ではほとんど話をしないし、放課後になれば、秘密基地で日が暮れるまで一緒にいられるのだから。そんな風に思い始めていた。

前期の終業式も間近に控えたある日。あと数日を耐え抜けば、また詩織と過ごす平穏な夏休みが訪れる。そんな気の緩みもあった。

急遽自習になった数学の時間、今日も立原が仲間を引き連れて、下卑た笑いを浮かべながら僕の席を取り囲む。

「おいおい葉月ぃ、聞いたかよ」

「何を」

そこで彼は僕の耳に顔を寄せ、小声で言った。

「お前の嫁、随分前から非処女らしいぜ。家が金なくて、おっさん相手に体売ってるそうじゃねえか」

バカバカしい作り話だ。暗くなるまで秘密基地で僕と一緒にいる彼女に、どこにそんな時間があるというのだろう。でも基地のことは誰にも話さないと決めているから、僕は否定せず、受け流す。

「へえ、そうなんだ」

「どう思う、ねえ、葉月クンさぁ。嫁がビッチってどんな気分なの。教えてよ」

「最悪だね」

今回の立原たちの幼稚な狙いが見えてきた。無理のある作り話でも、僕の口から詩織への否定や攻撃の言葉を吐かせたいのだろう。

「それでも愛し続けるの？　純愛なの？　健気だねえ、葉月クン。嫁は毎晩汚いおっさんに尻を突き出してるのに、旦那はピュアな愛を貫き続けるわけ？　あ、貫くってなんかエロくね？」

そう言うと立原は取り巻きと共に声をあげて笑った。

挑発と分かっていても、こいつらの想像の中で詩織がどうなっているかを思うと握った拳を振り上げそうになってしまう。でもそれでは一年前と同じだ。あの時の激痛を体が今でも覚えている。恐怖が全身を強張らせていく。僕は燃え上がりそうな心に水をかけて、凍らせて、乾燥させて、遠くに押しやって、こいつらが望んでいるであろう言葉を吐き出す。

「まさか。そんな最低な女、顔も見たくないよ」

心にもないことを自分で言っておきながら、胸が苦しく痛んだ。僕は嘘が下手なんだ。さっさと満足して、どこかに行ってくれ。

「お？　よく聞こえなかったけど、もう一回言ってくんねえ？」

「そんなやつ嫌いだって言ったんだよ」

こんなのは真っ赤な嘘だ。当たり前だ。世界で一番、僕が君を好きなんだ。詩織は分かってくれている。

「誰のこと言ってんの？　ちゃんと名前を言ってくれなきゃ、俺らバカだから分かんねえんだわ」

早く夏休みが始まればいい。早く卒業式がくればいい。そうしたらこんな地獄さっさと抜け出して、詩織と二人で静かに過ごすんだ。

そのためにも、今は早くこの状況を終わらせよう。

「詩織のことだよ」

一緒に暮らすアパートは小さくてもいい。狭い部屋には慣れているから。その分綺麗な花を飾ろう。そうだ、花屋でバイトをするのもいいかもしれない。

「え？　詩織ちゃんが？　なんだって？　もう一回言ってくれよ」

きっとこいつらは、離れた席に座る詩織の耳まで、僕の声が届くことを期待している。僕はそれに、乗ってやる。詩織を守るためにも、校内では距離を置こう。詩織には放課後の秘密基地で、そのことを話せばいい。

「僕は、翠川《みどりかわ》詩織が、嫌いだよ。もう顔も見たくない！」

ズキズキと痛む自分の胸に気付かないフリをして、僕は現実逃避をする。

高校を卒業したら、就職することになるかな。早く帰れる仕事がいいな。エンゲージリングって、給料何か月分なんだっけ。二人で、幸せになれるといいな。

「よっしゃキター！　はい離婚ケッテーイ！」

立原たちが大げさに騒いで黒板の方に駆け寄ると、白いチョークででかでかと文字を書いた。

**葉月　×　みどり川　リコン決定おめでとう！**

漢字くらい調べて書けよ、と心の中で毒づきながら、僕はやつらに止められていた数学の自習用プリントを再開した。

その日の放課後から、詩織は学校にも、僕たちの秘密基地にさえも、来なくなった。

詩織に会えないまま夏休みが始まって、僕は毎日彼女の廃バスに通って、今日こそは来るだろうと夜まで待ち続けた。一人で宿題をして、一人で本を読んで、一人で夜空を見上げた。

彼女が、夏休みの間に父親の仕事の関係で他県に引っ越したと知ったのは、休暇明け、二学期に入ってからだった。

僕の心を保たせていた約束は音もなく消え、本当の地獄の日々が始まった。

葉くんに手を掴まれると、その温かさに、凍った心が溶けてしまいそうだった。

私は幸せになっていいのだと、彼は言ってくれた。

私のせいで沢山の人が傷付いた。きっとこれからも私は、誰かを、大切な人を、傷付けてしまうのだろう。

それでも私は、幸せになっていいのだろうか。葉くんと一緒にいていいのだろうか。

うなずきそうになってしまう。優しい人の好意に甘えたくなってしまう。

でも、私はふと思い出す。あの文房具店のおじいさんの言葉を。

現を歪める力には、必ず代償が伴う。

私が使う消しゴムの代償は、自分の存在が世界から消えていくことだった。

それなら、葉くんが使う鉛筆には、一体どんな代償があるのだろう。

「……あの、一つ、教えて」

彼は嬉しそうにうなずいた。

「うん、なんでも訊いてよ」

「ごまかしたり、嘘をつかないで、本当のことを答えてほしい」

「うん」

「葉くんがあの文房具店でもらった鉛筆の力と……代償は、何?」

彼の笑顔が固まった。釘は刺してあるから、彼が誠実なら、嘘はつかないはずだ。

私の手を離し、しばらく悩むように黙り込んだ後、葉くんは口を開いた。

「あの鉛筆の力は、相手の心や体の欠損を描き足して補うもの、らしい。君が消しゴムを使う度に、君の体が欠けていっているように見えたから、僕は鉛筆を使って、君の欠損を補っていた」

私は黙ってうなずく。彼は言いにくそうに表情を暗くして続けた。

「そして、その代償は……使う人の命を、削る、らしい」

息を呑んだ。心が再び凍り付いていく。

私のせいで、葉くんが命を削っていた。

「どうして、そんな。私なんかに……」

「さっきも言っただろう。僕が、君を好きだからだ。どんどん自分を傷付けていく君を、なんとかして止めたかった。でも話しかければ記憶を消されると思って、遠くから——」

やっぱり私は、周りの人を不幸にしてしまう。大切な人の命さえ損ねてしまう。

こんな私が、優しい人に甘えてはいけないんだ。

私は手に握っていた消しゴムを彼の方に向けた。

「待って――」

焦る彼に続きも言わせないよう、消しゴムを持った手を振るう。

葉くんの顔から表情が消えた。

そして私は走り出す。屋上の扉を開けて階段を駆け下り、内履きのまま玄関を飛び出した。

私は、私が嫌いだ。大嫌いだ。

優しい人を傷付けて、不幸にして、それでも生きている自分が嫌いだ。

葉くんは私なんかのいないところで、別の誰かと、幸せにならなきゃいけないんだ。

泣きながら走って、近くにある駅を目指す。あそこならいつでも人が多い。

もう時間はかけない。

そして私は駅前の広場に辿り着いた。駅に向かう人、駅から出た人。バスやタクシーの到着を待つ人、待ち合わせをする人。今日も沢山の人でごった返している。

乱れた呼吸を整えて、唾を飲み込んでから、私は広場中央にある、銅像の立つ台の上によじ登った。これだけでこちらを注目する人がちらほらいるのを感じる。どくどくと心臓が不快に脈打っている。

大きく息を吸いこんで、それを声に変える。多分、私の人生で一番の大声だ。

「すみません！　私の話を聞いてください！」

周りの人たちが驚いたように私を見る。関心を持った人が話を聞こうとこちらに歩み寄ってきて、それを見た人が連鎖的に興味を示し、あっという間に人だかりができていく。

「突然ですみませんが、今日は、私のことを少しでもいいので知ってください！」

私の頬には今も涙が流れている。目は真っ赤になっているかもしれない。

制服姿の女子高生が平日の昼過ぎに、内履きのまま台座に立って、泣きながら叫んでいる。それが行き交う人の興味を引くきっかけの一つになっているかもしれない。

「私の名前は、水無月翠といいます。六月の異称の水無月が苗字で、宝石の翡翠の、翠が名前です。十六歳で、高校二年生です。部活とかはやってなくて、趣味も特技も、特にありません！」

人だかりの一部から笑いが起こった。なんだよそれ、と笑う人がいる。大丈夫か、と心配してくれる人がいる。何が言いたいんだと憤る人もいる。沢山の人がいる。これだけいれば、一人一人が持つ私の記憶は小さくても、まとめて消せば、自分を消せるはずだ。

「兄弟とかはいなくて、一人っ子です。お母さんは随分前に事故で亡くなって、お父さんと二人で暮らしています。昔はペットの犬を飼っていました。クロっていう名前のポメラニアンでした。でも、病気になって死んじゃいました。お父さんは私を嫌っていて、恨んでいて、しょっちゅう私に暴力を振るいます」

同情の声が増えた。相談窓口があるよ、と言う人や、警察に言え、と叫ぶ人。みんなもうすぐ、私のことを忘れる。でも、確実に消えるために、もっと記憶を刻まないと。

「私には、呪いがあるんです。周りの人を不幸にしてしまう呪いが。そのせいで沢山の人を傷付けてしまいました。今もみなさんにご迷惑をかけてると思います。でも、もうちょっとお付き合いください」

呪いなんてあるわけないだろ、と野次が飛んだ。初めて会った人に分かるはずがない。私がこれまでどれだけ周りを傷付けて、そしてそのことで私自身も苦しんできたかを。

「私はもう嫌なんです！　私のせいで大切な人が傷付くことが！　それで恨まれたり嫌われたりすることが！　今日だって、大好きな人が私のせいで命を削ってることが分かったんです！　私は、こんな私をもう消してしまいたい！」

騒ぎを聞きつけたのか、遠くから警備員のような制服を着た人が駆けてくるのが見えた。そろそろ潮時だろうか。

私は一度、ゆっくりと深呼吸をして、ブレザーのポケットに入れていた消しゴムを掴んだ。

さよなら、世界。

# 六話 ―― 友達でいて

時は流れる。どれだけ満ち足りていても、どれだけ絶望に打ちひしがれていても、どうしようもなく時は流れる。それは残酷なまでの真理で、世界が持つ救済の一つでもあるのだろう。

詩織と出会ってからの、ただ温かく幸せでいられた数年間も。

詩織と共に耐え抜いた、汚辱と侮蔑と暴力に溢れた期間も。

詩織がいなくなった後の、孤独と絶望と悔恨の真っ暗闇の地獄も。

全部全部全部、今や過去のことになった。

自分の言葉で誰よりも深く詩織を傷付けて、謝ることも、君が好きだと告げることも、一緒に遠くの地で暮らしていこうと手を取ることもできないまま彼女を失って、僕は抜け殻のように、燃え尽きた灰のようになって、それでも生きていた。

中学二年の夏休み明けから、立原たちはその目的を達して満足したからか、単に飽きたからか、あるいは僅かでも罪悪感を持ったのかは分からないけれど、独りになった僕を虐めることはなくなった。

だから僕は静かに、けれど心の内側は音を立てて壊れ続けながら、微かに残った義務感だけで登校を続けた。昼休みに職員室に行き、詩織の転居先を担任教師に訊いたこともあったが、何も知らされていないということだった。

彼女の住んでいた住所を調べて訪ねたこともあった（彼女と会う時はいつも秘密基地だったから、家に行ったことはなかった）。けれどそこは当然ながらもぬけの殻で、訝《いぶか》しがられながら近隣の住民に訊いて回っても、誰も行方を知らなかった。

こんな所で会えるはずがないと思いながら、靴が擦り切れるまで何日も放課後の町を彷徨い歩き、やがて僕は、諦めた。詩織は何も告げずに去ったんだ。これは彼女が選んだ決定的な訣別だ。それだけ僕は、取り返しのつかないことをしてしまったのだろう。

放課後になればかつての主を失った秘密基地に通い、何も考えずに翌朝まで座り続けたり、雄たけびと共に廃材を振り回して窓ガラスを割ったり、喉が裂けて血が出るまで泣き叫んだりするような日々を送った。

死んだ方が楽だったとは思う。けれどやっぱり、心の隅に突き刺さったままの彼女の言葉が、激痛を伴い血を流しながら、僕を生かしていた。

いつか、本当に生きるのをやめたくなった時は、一緒に死のう。

それは今じゃない。だってここには詩織がいない。いつか、いつか、いつか。その時が来るまで、僕は死ぬに死ねない。

そんな風にして生きながらえて、地元の無難な高校に進学もした。未だに見知らぬ男をアパートに連れ込む母親と訣別したくて、かといってアルバイトをして一人暮らしをするほどの活力も湧かず、僕は父親を頼った。一年間は父と暮らしながら高校に通ったが、父の他県への転勤が決まり、転入試験を受け、今の高校に来た。

そして机の中に遺書のノートを見つけ、黒猫を追って井澄さんと出会い、暑かった夏休みも終わり――今に至る。

遺書ノートを残した「翠」と井澄さんは別人だと分かったが、だからといって会わなくなるなんてことはなくて、夏季休暇が終わるまで僕たちはおはぎの公園で毎日のように会っていた。前に一度だけあったような、急に体を寄せてくることはそれ以降なかったけれど、寂しげな表情をすることが多くなっていくように感じていた。彼女が抱えるその傷の正体も、僕は分からないままだ。

後期の授業が始まったので、翠とのノートの交換は、また机の中に戻った。ノートはもう三冊目だ。

私は自分が嫌いなんだ。ずっと昔の、幼い頃から。

死にたいと思う最大の理由は結局ここにあると思う。

生きているだけで周りに迷惑をかけてるのに、誰かに縋って、寄りかかって、依存して、傷付けて、切り捨てて、醜く生き続けてる。今だって葉くんに依存して、こうして迷惑かけてる。葉くんを傷付けたり、不快にさせることもあると思う。

こんなんじゃダメだって、早く自分を消さなきゃって思いながら、今日も生きてる自分が嫌い。

自分は自分でしかなくて、他の何にもなれなくて、それで自分が嫌いなんて、そんな気持ちでずっと生きていこうと思えない。

この感覚は、もう体や心のあちこちに刻まれていて、変わることはない。

体の病気なら、薬とか手術で治せるけど（もちろん治せない病気もあるだろうけど）、心とか性格の病気は、治せないよ。

翠の気持ちは分かる。僕だって僕が嫌いだ。世界で一番嫌いだし、憎んでるし、恨んでる。死にたいと思い続けていた時期もある。

でも――いや、「だから」かな。

だからこそ、同じように自分を嫌っている人に、寄り添いたいと思う。公園で一人震えていた子供の僕に、あの時手を差し伸べてくれた詩織のように、生きる理由を与えたいと思う。それが自分の生きる理由になっていくから。

結局僕は、寂しいんだ。自分が生きるために、誰かと繋がっていたいんだ。だからこれはエゴだ。でもそれの何が悪い。人間ってそういうものだろう。感情は単純じゃない。綺麗なだけでもない。僕は僕の、醜く濁ったエゴをもって、翠に生きていてほしいと、純粋に思っている。

人はどうしようもなく誰かに迷惑をかけて生きていくものだよ。この前読んだ小説にも、そんな一節があった。誰かに迷惑をかけて、自分も迷惑を受けて、それを許し合って生きていくしかないんだ。

それに、迷惑を被ることが嫌なことばかりってわけじゃない。人から頼られたり、相談されたり、時にはぶつかったり、そういうことが嬉しく感じることだってある。だってそれって、誰かとの繫がりがなければできないことだ。一人でいることの孤独のつらさを、僕はよく知っている。

僕も僕が嫌いだ。かつて何よりも大切だった人を、自分の言葉で誰よりも深く傷付けてしまったから。

自分で自分を好きになるって、実は結構難しいことなのかもしれない。だから他者との繫がりの中で、自分の存在意義を感じたり、誰かのために生きることで、自分を保ったりするんだろうね。

君は君を嫌いだと言うけれど。死にたいと言うけれど。僕は君に死んでほしくない。そう思うくらいには、僕はもう、君を結構、好きだよ。

＊

そして長かった夏が終わりを告げ、僕らの町にも秋が訪れた。息苦しいほどの暑さも和らぎ、公園の木々は徐々に色づいていく。

　おはぎはまた、東屋の屋根の下から、公園の隅の茂みに定位置を戻した。僕と井澄さんが会う場所も合わせてそこに移動する。

「こんにちは、葉月くん」

「こんにちは」

「涼しくなって、過ごしやすくなってきたね」

「うん」

　井澄さんが持ってきた煮干しを咀嚼するおはぎを、二人で座って眺めた。

「そういえば最近、おはぎちょっと太った気がする」

「え、そう？」

　そう言われて紫黒色の猫の体を見ると、確かにお腹周りが少し大きくなっているような気がする。

「おやつあげるの、控えた方がいいのかなぁ」

「いや、でも、あげてるのは健康的なものだから、太るほどじゃないと思うよ。涼しくなってきたから、冬に向けて脂肪を増やしてるんじゃないかな」

「そうかなぁ」

おはぎは煮干しを食べ終えると、ころんと横になった。野生を感じさせない姿勢だ。僕たちのことを信頼してくれている証かもしれない。

しばらく静かな時間が流れた後、井澄さんがぽつりと言った。

「葉月くん、私ね」

そこで中断された言葉は、なかなか再開されなかった。

「どうした？」

「……ううん、何でもない」と、彼女は小さく首を振った。

何でもない、という言葉は、どこか無理をしている人のものなのだろう。伝えたいことがあって、でも怖さや躊躇いがあって、飲み込んだ。その言葉は、何だったのだろう。けれど、彼女の意思で僕に伝えることをやめたのなら、無理に聞き出すものでもない。そう思って僕は、「そっか」とだけ言った。

＊

私、子供の頃は、結構やんちゃだったみたいなんだ。小さい頃のことは、もうあんまり覚えてないけど。

これは誰にも話したことがないんだけど、葉くんにだけは教えるね。

陰鬱な雲が空を覆う肌寒い秋の日、いつものように机の中に置かれたノートを開いて見つけた翠の文は、とても長いものだった。気弱そうに小さく並んだ文字に意識を集中させて読んでいく。

七歳だから、小学二年生の時かな。

その頃うちは、お父さんが仕事に失敗したみたいで、貧乏だったから、私のお母さんは色んなパートをして働いてたんだ。昼間はスーパーでレジをやって、終わったら家で掃除とか洗濯して家族の食事を作って、夕方にはファミリーレストランで接客をやって、って感じで。だからずっと忙しそうで、家にいてくれることが少なくて、私はいつも寂しかった。

でも、そんなお母さんが一日お休みを取ってくれた時があったんだ。私の誕生日だったから。その日のことはよく覚えてる。

学校もお休みだったから、普段寂しい思いをさせてる娘をいっぱい構ってあげようって思ったんだろうね。私は大喜びで、お母さんにわがままを言って色んな所に連れてってもらった。お金に余裕はないから遠くまでは行けないけど、大きい遊具のある公園とか、ペットショップとか、おもちゃ屋さんとか。

特別な場所じゃなくてごめんねってお母さんは謝ってたけど、そんなの全然気にならなくて、私はお母さんと一緒にいられることが嬉しくてはしゃいでた。その日買ってもらった小さなクマのぬいぐるみは、今でも大事に持ってるよ。

日が暮れてきた頃、そろそろ帰ろうってお母さんが言ったんだ。夕飯を作らないとって。私は、お父さんがちょっと苦手で家に帰りたくなかったし、特別な一日が終わっちゃうのが寂しくて、大声で泣いたんだ。

困ってるお母さんの手を振り払って、私は家とは反対方向に走り出した。家に帰れば今日が終わっちゃう。だから家に帰らなければ、ずっと今日のままでいられる、って思ったんだ。今考えれば、なんてバカなんだろうって思うけど。

泣きながら走ったから、周りなんて見えてなかった。車のクラクションと、私の名前を叫ぶお母さんの声が聞こえた。ヘッドライトの眩しい光で何も見えなくなって、パニックになって立ち止まって、体が何か温かいものに包まれたと思ったら、とんでもなく強い力で弾き飛ばされた。

何度も地面を転がって、頭がぐるぐるしてわけ分かんなくて、やっと状況が分かるようになったら、私はお母さんに強く抱き締められてた。お母さんは動かなくて、頭とか腕とか色んな所から血が出てた。

すぐに人だかりができて、救急車が呼ばれて病院に行ったんだけど、お母さんは集中治療室から帰ってこなかった。

しばらくしてお父さんが病院に来て、私を連れ帰ったんだけど、家に入った途端、私は顔を殴られた。私のせいでお母さんが死んだって言いながら。倒れたら体中を何度も蹴られた。これからどうやって生活するんだよって訊かれても、私は何も分からなかった。何も考えられなかった。

次の日から、何かあるとお父さんは私を殴るようになった。全部お前のせいだって怒鳴りながら。それまでお父さんは、ちょっと怖いことはあっても、暴力を振るうことはなかった。私が変えてしまったんだ。壊してしまったんだ。

全部私のせい。私が悪い。

だから私は、ずっと私が嫌い。殺したいくらい嫌い。


授業中に翠のノートを読みながら、心が引き裂かれそうに感じていた。これが、翠をずっと蝕んでいる消失願望の根源なのだろうか。大好きだった母親の喪失。自己嫌悪。自己憎悪。罪悪感。肉親から振るわれる暴力。そしてそれすらも自分のせいと飲み込んでいる。

そんな暗闇を、僕なんかが払拭できるのだろうか。

翠の文章はまだ続いていた。それを読んで、僕は衝撃を受ける。


中学の時、クラスで虐めがあったんだ。意地悪な女子グループが、気弱な女の子を虐めてた。私はその空気が嫌で、何とかしたくて、担任は何もしてくれないから、校長室に手紙を入れたんだ。助けてくださいって。

でもその姿を見られてたみたいで、ＨＲで私の名前が挙がって。虐めがなくなるどころか、報復みたいにターゲットが私に変えられた。そして、私をかばってくれた男の子も、もっとひどい虐めを受けるようになった。

私はもう嫌なんだ。私が生きていることで、周りが傷付いて壊れていくことが。

だから葉くんも、私から離れた方がいい。


授業の音が聞こえなくなっていた。心臓が限界まで速く脈打っている。

まさか。そんな、あり得ない。

でも僕が経験した過去と、その内容は完全に一致する。

呼吸が乱れる。目の奥が熱くなって、止める間もなく涙が零れた。


詩織、なのか。


半年近く、昼と夜、この同じ席に座って、ノートを介して会話をしていた相手、翠。

それは、詩織、君だったのか。

三年前に君を最悪の形で傷付けたまま別れて、連絡先も引っ越し先も知らずに、もう二度と会うことはないと思っていた。それなのに、こんなに近くに、いたのか。

感情がぐちゃぐちゃで、次々に溢れてきて、心が痛くて破裂しそうだ。

詩織が幼い頃から抱えていた暗闇。母のこと、父のこと。あんなに毎日会っていたのに。あんなにそばにいたのに。僕はまったく知らなかった。彼女は家のことを何も言わなかったし、僕も何も訊かなかった。気付いてあげられたらよかった。

ごめん、と伝えたくなる。あの時言えなかった言葉を、ノートに書いて伝えたくなる。僕は漣だ。葉月漣。冬の公園で消えそうになっていたところを、君に救われた男だ。覚えているか。僕は君を、今でもずっと――

……でも、書けるはずがない。

僕はあの夏、最悪の形で君を傷付けた。詩織は僕を嫌っているだろう。恨んでいるだろう。顔も見たくないだろう。だから何も言わずにいなくなったんだ。

こんな僕が今更名乗っても、詩織を不快にさせるだけだ。今度こそノートを置かれなくなるかもしれない。そうなったら、この星から消えたがっている彼女を救うことができなくなる。

「おおい、葉月、聞いてんのか」

突然教師の声が耳に入り、僕は顔を上げた。

「あ？　お前、泣いてんのか？　どうした」

慌てて目元を乱暴に拭い、ノートとシャーペンを持って立ち上がる。

「すみません、体調が最悪なので保健室に行きます」

「お、おお。大丈夫か？　一人で行けるか？」

「はい」

扉を開けて教室を出るところで、「変な奴」と言う声と笑いが聞こえた。

僕は廊下を歩き、保健室には向かわずに階段を上る。最上階の、屋上に出る扉の前に座り、ノートを開いた。何を書くべきか、慎重に考えながら文字を綴っていく。


離れた方がいいなんて、悲しいことを言わないで。

お母さんのことは、本当につらかったと思う。でもそれは君のせいじゃない。悲しい事故だ。それに囚われずに君が幸せに生きることを、お母さんも望むと思うし、僕も望んでる。

お父さんが変わったことだって、君のせいじゃない。きっかけの一つでしかなくて、（君の親のことをこう言っていいのか悩むけど）もともとそういうおかしな部分を持っていた人なんじゃないかと、読んで僕は思ったよ。中学の虐めの件だってそうだ。その男の子は、酷い目に遭ったとしても、きっと君をかばったことを後悔していない。君を守れたのなら、そのことを誇りに思っているはずだ。

僕だって、こうして半年近くノートでやり取りをしているけれど、それで傷付いたことも、後悔したこともない。楽しいから続けているんだ。これからも繋がっていたいと思ってる。

だからどうか、自分を責めないで、自分を嫌わないでほしい。僕は君に死んでほしくない。

書き終えて、ノートを閉じ、ゆっくりと仰向けになった。大きく息を吸って、一気に吐き出す。汚れでくすんだ天井が見える。

どんな言葉なら、詩織の心を縛る暗闇を晴らせるのだろうか。

授業終了を伝えるチャイムが鳴った後、教室に戻って、ノートを机にしまった。

放課後、いつもの公園で寝そべるおはぎを眺めながら、詩織のことを考えていた。というよりも、今日は授業がまったく頭に入らないくらい、ずっと詩織のことを考えている。そこには、喜びと苦しさが、半々に同居して暴れ回っている。もう会うことはないと思っていた彼女がこんなに近くにいたんだという喜びと、詩織が抱え続ける痛みを思う苦しさが。

だから、背後から井澄さんに声をかけられていたことに気付けなかった。

「葉月くん、聞こえてる？」

「あ……、井澄さん、来てたんだ」

「さっき挨拶したのに、葉月くんまったく反応してくれないから、何か怒らせちゃったのかと思ったよ」

「ごめん、考え事してた。怒ってるなんてことはないよ」

「そっか、よかった」

彼女は僕の横に座った。今はおはぎは眠っているから、おやつはあげられない。横になっている黒猫の姿を見ると、この前よりもお腹周りが大きくなっているような気がする。

「そんなに真剣に、何を考えてたの？」

「いや……」

素直に答えられるはずもない。それに少し、複雑すぎる。

でも井澄さんの考えも参考に聞いてみたくて、僕は言った。

「もし、身近な人が、死にたいって考えていたら、どんな言葉をかければいいんだろう」

「えっ……」

井澄さんは驚いて僕の方を見た。その様子が大げさに感じて、僕も彼女の方を向くと目が合った。今日はぶつかった視線を逸らされない。

「……知ってたの？」

彼女が言ったことの意味を、頭の中でうまく解釈できない。

「え、何を？」

目を合わせたまま二つ瞬きをして、井澄さんは視線を落とした。その表情に影が差したような気がした。

彼女はおはぎの方を向いて、溜めていた息を吐き出すようにしてから、言った。

「葉月くん、よく鈍感って言われない？」

「……いや、これまで、人付き合いが少なかったから」

「ふふ、そっか。ごめんなさい、今のは忘れて。私だってそうだよ。人との距離感も分からないし、人の気持ちも分からない。自分の気持ちだって、ちゃんとは理解してない。分からないことだらけだよ。友達もいないし」

「僕がいるよ」

井澄さんは膝を抱く腕の中に顔を埋め、「もう、ずるいなぁ」と言った。

「話を戻そっか。その、死にたいって考えてる人は、葉月くんの大切な人なんだね？」

「……うん」

大切な人。少しだけ悩んだけれど、そう答えた。傷付けてしまった人。僕のことを嫌っているだろう人。でも今でもずっと、大切な人。

「……前に言ってた、キス、した、人？」

「……そうだよ」

ゆっくりとした呼吸を挟み、井澄さんは続ける。

「葉月くんはその人に、生きていてほしいんだね？」

「もちろんだ」

「そっか」

何かを考えるような間を置いてから、彼女は顔を上げて言った。

「じゃあ、変な小細工とかなしに、素直なその気持ちをぶつけることが、やっぱり一番じゃないかな」

「素直な気持ち？」

「うん、例えばね――」

風が吹いて、井澄さんの髪をそっと揺らした。その透明な優しさの行方を目で追うように遠くを見て、彼女は静かな歌を口ずさむように言う。

「――僕は君に生きていてほしい。僕にとって、君はかけがえのない人だ。失うことなんて考えられない人だ。僕が生きる上で、君が必要なんだ。世界は残酷で、生きることは苦しくて、時に投げ捨ててしまいたくなるけれど、」

微笑んでいるけれど、彼女の頬には涙が流れていた。

「それでも、僕は君に生きていてほしい。苦しみは一緒に背負うから。幸せを一緒に探すから。だから。どうか。ずっと。僕と一緒に、生きてほしい」

涙を拭って、深呼吸の後、井澄さんはそれまでよりも少し声量を上げて言った。

「こんな風に言われたら、きっと、生きてみようって気持ちに、なれると思うな」

「……そうか。ありがとう」

僕は詩織に、声を届けられない。正体を明かせない。だって僕は、嫌われているから。だからノート越しの文字だけで、詩織の抱える暗闇を晴らさなくてはならない。

「……ねえ、葉月くん」

「うん？」

「もし、私が……」

そこで声を途切れさせた彼女は、再び腕の中に顔を埋めた。

「何？」

腕の中で小さく首を振る。

「やっぱり、何でもない」

前にもこんなことがあった。井澄さんは何かを抱え込んでいる。それも、とても重い何かだ。

「僕でよければ、いつでも聞くよ」

「……ありがとう」

小さく言った彼女の声は、風にも掻き消えてしまいそうだった。

＊

詩織の希死念慮《きしねんりょ》を払拭する決定打がないまま、それから一週間が過ぎた。

それでも「翠と葉」としてのノートでの会話は続いているから、詩織はまだ終わりを選んではいない。以前彼女は、次の誕生日をタイムリミットとして考えているようなことを書いていた。彼女の誕生日は一月十二日だから、まだ二か月ほど時間はある。でもだからといってうかうかしていたら、何も変えられないままその日が来てしまいそうだ。

そうしてまた今日も、自分の無力さに歯噛みしながら、放課後の公園に向かった。おはぎは体を横に倒している。お腹がまた大きくなっている。少し、苦しそうに呼吸している……？

「お前、もしかして」

そこに井澄さんもやってきた。

「葉月くん、こんにちは」

「井澄さん、もしかしたら、おはぎは子供が産まれそうなのかもしれない」

「えっ」

ポケットからスマホを取り出して、猫の出産について検索してみた。猫の出産時期は春と秋の二回。産まれる数は一匹から八匹。出産にかかる時間は最大で三時間ほど。人間が手伝えることについても書かれているが、その全てが家での飼い猫を対象としている。それはそうか、と僕は思う。野良猫は人間の助けなんて借りなくても、人間の知らないところで、自力で産み育てているんだ。

おはぎは背中を丸めて自分の尻尾の辺りをしきりに舐めている。出産が近いのかもしれない。

「私たちに何かできることないかな」

おはぎと同じように、あるいはそれ以上に、井澄さんもそわそわと不安そうにしている。

「いや、野生動物の出産に、僕らが無責任に手出ししちゃいけないと思う。人間が干渉しちゃうと子育てしなくなっちゃうケースがあるみたいだし。おはぎが初産ならなおさら、彼女は今後も、誰の助けもない自然な環境で産まなきゃいけないからね」

「そっか……」

「でも、おはぎが僕らを信頼してくれているのなら、見える距離にいることで安心できるかもしれない」

「うん。がんばれ、おはぎ」

プレッシャーにならないように距離を開けて座り、僕らはおはぎを見守った。

黒猫おはぎはぎこちない動きで体を起こして立ち上がり、よたよたと数歩だけ歩いて立ち止まった。呼吸が荒くなっている。

「痛いのかな、苦しいのかな」

井澄さんは胸の前で祈りの形のように手を重ねている。彼女の方が苦しそうな表情で、今にも泣いてしまいそうだ。

おはぎは短い距離をうろうろと行ったり来たりして、またゆっくりと体を横に倒した。紫黒色のお腹の辺りが不規則に上下している。猫の気持ちも声も僕は分からないけれど、今おはぎは苦しさの中で必死に新しい命を産み出そうともがいていることだけは分かる。

「がんばれ、がんばれ」

井澄さんの声に合わせて、僕も心の中でエールを送る。人間の応援なんかが彼女の力になるはずはないと知りながら、そうせずにはいられない。がんばれ、おはぎ。

おはぎはまた立ち上がり、後ろ脚を広げる。時折脚をもたつかせ、痙攣したように全身をびくつかせる。いきんでいるのだろう。

隣に座る井澄さんが、僕の手を握った。痛いくらいの力が込められている。僕もその手を握り返す。

やがておはぎの脚の間から、小さな塊が現れて、柔らかな草の上にゆっくりと落ちた。おはぎはすぐにそれを丹念に舐め始める。

「産まれた！　すごい。すごいね。えらいね、おはぎ。がんばったね」

母猫の刺激にならないように抑えられた井澄さんの声は、それでも興奮と感動を隠しきれないように震えていて、彼女の頬には夕陽が赤く輝かせる涙が美しく伝っていた。

羊膜に包まれた子猫は初めは動かなかったが、全身を舐められているうちに、やがてぎこちなく体を動かした。母親から受け継いだ黒い毛皮の中に、白が交ざっているのが見える。

「すごいね。誰に教わったわけじゃなくても、ちゃんとああやって自分の力だけで子供を産んで、全身を舐めてあげて、子供の命の始まりをサポートしてるんだね」

「そうだね。すごい」

「おはぎだけじゃなくて、これまでこうやって、何万、何千万……何億とかの猫さんが、がんばって命を繋いできて、その一番未来が、今、あの子なんだね」

「うん」

「すごいなぁ。命ってすごい。途方もないよ」

一つの命がこの世に産まれ落ちる瞬間を、僕は初めて目の当たりにした。それは否応なく心が震えて、熱い感情で満たされるような体験だった。ともすると命を軽視しがちな人間という種を、思わず恥じてしまうような経験だった。きっと、泣き続けている井澄さんも同じ気持ちでいるのだろう。

おはぎはその後すぐ、もう一匹を産んだ。その子も黒と白の混色だった。無事に二匹の母親となったおはぎは、不器用ながら順番に子供を咥えて茂みに運び、愛情を注ぐように丁寧に二匹を舐めている。

ほっとしながらその姿を眺めていると、井澄さんが言った。

「葉月くん、聞いて」

「ん？」

「ずっと、言おうか迷っていたこと。今、やっと、決心がついた」

「うん、聞くよ」

「私、長く生きられないんだ」

その言葉の意味を理解するのに、少し時間が必要だった。

長く、生きられない？

「え……」

「ウェルナー症候群っていうんだけど、多分聞いたことないよね。早老症の一つで、日本人に比較的多い遺伝性疾患みたい。思春期以降に白髪が増えたり、髪が抜けたり、顔の形が変わって、皮膚が萎縮したり、白内障になったり、病気に罹りやすくなったり。簡単に言うと、二十代から六十代くらいをスキップして、すぐにおばあちゃんになっちゃうような感じ」

彼女の静かに落ち着いた声と、話している内容の差異が大きすぎて、頭も、感情も、追い付かない。

「私の場合は、早期に発見できたんだけど、今はまだ根治療法も見つかってなくて、どうすることもできないんだって。だから、私、体が壊れていく前に、死んじゃおうと思ってたんだ。だって、いやだよ、つらいよ、怖いよ、あと数年で自分が急速に老化していくなんて」

ずきん、と心が痛む音が聞こえた気がした。井澄さんがずっと抱えていた傷の正体が、ようやく見えた。彼女を圧し潰そうとしていたものは、命の天秤を大きく傾かせる、「生きられない理由」、だ。

「でも、葉月くんと会って、一緒に過ごして、私、ドキドキしてた。初めてだったよ、そんな気持ち。この人とずっといられたらいいのにって、思っちゃった。でもそれができない私は、そんな夢を持つのもつらくて、苦しくて、ずっとずっと悩んでた。こんなにつらいなら、早く終わらせて楽になりたいってことばかり考えてた」

井澄さんはゆっくりと呼吸をした。その視線の先には、全身で子猫を包んで優しく撫でるように舐めるおはぎがいる。

「でも今日、がんばってるおはぎを見て、決心がついたよ。私、この命を生きてみる。自分で自分を終わらせるのはやめた」

どんな言葉も適切に思えなくて、僕は何も言えないでいる。井澄さんは目元を拭って、僕に笑顔を見せた。それはこれまでの、不器用そうにはにかんで見せるどんな微笑みよりも自然で、綺麗だった。

「好きだよ、葉月くん。大好きだよ。でも君には、守りたい大切な人がいるし、私は君と同じスピードで人生を歩めないから。だから、今、ちゃんと振ってくれると、嬉しいです。私が、これからしっかり、自分を生きられるように」

僕の目からも涙が溢れていた。感情が渦巻いて、胸が張り裂けそうだ。

「僕は――」

声が震えていた。

僕はこれから、目の前の静かで優しい女の子を、傷付けてしまう。

僕に向けてくれた好意を、跳ねのけてしまう。

それは三年前に詩織にしたことと同じじゃないのか。心がずっと痛い。

でも、井澄さんの決意と覚悟に、僕の持ち得る最大の敬意で応えるために。

「僕は、ひどい人間なんだよ。井澄さんが僕に好意を向けてくれているのは、何となく気付いていた。それが嬉しくて、でも、君に、どうしようもなく、他の人を重ねてしまっていた」

「……うん、そんな気はしてた」

「それでも、井澄さんといるのが心地良くて、君の優しさに甘えて、いつか傷付けてしまうのかもしれないと思いながら、本当のことは言わないまま、ずるずると過ごしてきた。そんな、最低な男なんだ。本当に、ごめん。でも、こんな卑怯な僕でも、もし、赦してくれるのなら……」

一度大きく息を吸って、嘘も偽りもない言葉を告げる。

「……君はもう、僕にとって、かけがえのない人の一人だ。失うことなんて考えられない人だ。だから、この願いがどれだけ残酷なことか、まだ僕はきちんと理解できていないけれど。僕は君に、生きていてほしいと思うから。だから――」

僕の言葉を微笑んで聞いていた井澄さんの頬に、また涙が伝う。

「だから、僕の、友達でいてください」

彼女は一度泣きそうに口元を歪めて、それでもすぐにまた笑顔を作って、うなずいた。

「はい」

井澄さんは僕の方に右手を差し出した。僕はそれを右手で握る。

「ごめんね、つらいこと言わせて」

「いや、僕の方こそ、ごめん」

「ううん。謝らないで」

首を振ってそう言うと、井澄さんはうつむいて、額を僕の肩に押し当てた。それからしばらく彼女は、僕と手を繋ぎながら、小さな子供のように、声を上げて泣いた。

頭の中に霧がかかったように、ぼんやりする。

僕は今、高校の屋上に、一人で立っている。

どうしてこんな場所にいるのか分からない。ついさっき、僕の前から走り去っていった女子生徒がいた。その子は――泣いていた。その理由もいきさつも分からない。僕がその子を傷付けてしまうような何かを言ったのだろうか。この屋上には他に人がいないから、きっとそうなのだろう。でも、何も思い出せない。僕はその子に何を言ったんだ。そもそもあの子は誰なんだ。

胸の中がもやもやしている。不安とか、心配とか、そういった不快な感情が渦を巻いている。それと同時に、心に大きな穴が開いたような、空虚な気持ちが僕の全身を支配していた。凍えそうなほどの虚無感。絶望的な喪失感。

意味の分からない状況にため息をついて、視線を校舎の外に向けた。すると視界の下の方で、走る人の姿が見えた。その後ろ姿がさっきの女の子のものに見える。どこに行くのだろうと見ていると、校門を抜け、そのまま駅や繁華街のある方向に走っていった。

混乱する。なんなんだ、この状況は。僕は何かを忘れてるんじゃないのか。とても大事な何かを。だからこんなに胸が苦しいんじゃないのか。

右手を上げ、ずきずきと痛む胸に手を当てた。胸ポケットに何かが入っている感触がある。硬く、細長い、何か。摘まんで引っ張り出すと、それは一本の鉛筆だった。

これは――そうだ、変な文房具店で、仙人みたいな見た目の店主から受け取ったんだ。確か、そう、人の心や体の欠損を補う、不思議な力を持った鉛筆。覚えてる。でもこれを何に使っていたのか、まったく分からない。

僕は何か、とても大切なことを忘れている。それはさっきの女の子に関係があるのだろう。僕はそれを、思い出さなくてはいけない。自分の中の大きなピースが欠けているのを感じる。欠損だ。これは、心の欠損。

持っている鉛筆をまじまじと眺める。人の欠損を補う鉛筆。使った覚えはないのに、僕はその非現実的な力を確信している。どんな原理かは分からないけれど、これはもしかして、自分自身にも使えるんじゃないのか。

鉛筆を持つ腕を水平に伸ばして、その先端を自分の方に向ける。そして自分の体の輪郭をなぞるように、ゆっくりと鉛筆を動かしていく。

頭のてっぺんから描き始めて、胴や爪先を経由して、また頭に戻る。一周を描き終えた瞬間に、心臓の辺りに激痛が走った。

「ぐうっ！」

思わず地面に膝を突く。そして同時に、頭の中に情報の濁流が流れ込む。

水無月、翠。そうだ、彼女は翠だ。次々に記憶が湧き起こってくる。

隣のクラスの、物静かな女子。廊下で会って、一目惚れだった。いや、その前にも会ってる。

勇気を出して告白したんだ。翠は泣いてた。少しずつ仲良くなって、一緒に町を歩いて、そして、工事現場の資材の落下に僕が巻き込まれて――。

暗い路地。消しゴム。そうか、消しゴムだ。彼女はそれで人の記憶から自分を消せる。

僕は翠の消しゴムで、二度も彼女のことを忘れていた。

――いや、待て。それだけじゃない……？

「ううっ！」

頭が割れそうに痛む。両手で頭を抱えてうずくまった。

記憶の断片がさらに押し寄せる。もっと昔だ。僕たちがまだ幼い頃。二つ並んだランドセル。小学生の翠の姿。崩壊する廃ビル……

胸と頭の激しい痛みが嘘のように消えた。僕はゆっくりと立ち上がる。混濁していた頭の中がクリアになっていく。そうだ、全部思い出した。止めようもなく、熱い涙が零れた。

翠を、追いかけなくては。彼女は消失願望を抱えていた。今度こそ自分を消そうとするんじゃないのか。

僕は走り出した。手に持っていた鉛筆は、指先ほどにまで短くなっていた。

# 七話――久しぶりだね

十二月に入った。まだ冬は本気を出していないけれど、肌寒い日が続くようになった。

野良猫の子育てに人間が干渉しない方がいいと思いながらも、おはぎの子猫たちが凍えてしまわないよう、中にタオルを敷いた段ボール箱をいつもの公園の隅の、雨の当たらない場所に設置した。これくらいは許されてもいいだろう。

後日見に行ったら、三匹が中に入っていて、おはぎは幸せそうに授乳をしていた。幸せそう、という印象は、人間の勝手なものだけれど。

「お母さんががんばってるのに、お父さんは何してるんだろうね」

井澄さんが不服そうにそう言うから、僕は以前調べていた知識を披露する。

「猫の世界では、育児をする父親ってまったくいないらしいよ。母猫が、娘だったり他の雌猫とコミュニティを作って、共同で子育てをしたりするみたいだ」

「え、そうなんだ」

「そして子供が雄だった場合は、自力で生きていけるくらいに育ったら、さっさと縄張りから追い出すらしい。本能的に近親相姦のリスクを避けているって考えられてるみたいだよ」

「へぇえ、動物ってすごいねえ」

そう考えると、一応生活費を出してくれている僕の父親は、猫の世界で考えればまだましな方なのかもしれない。まあ、僕らは猫ではないのだけれど。

そんな話をしていると、公園の入り口の辺りに一匹の白猫が現れた。神々しさを感じるほどの純白の毛並みが、暮れかけの陽光を浴びて淡く輝いているように見える。

僕はそれを見て、月の光のように感じた。夜の中に静かに浮かぶ満月の、冷たくも優しい、白い光。

その白猫は公園の中に足を踏み入れず、おはぎたちのいる段ボールの方をじっと眺めている。エメラルド色の眼がそっと細められた。

「もしかして、あの子がお父さんかな」と井澄さんが小声で言う。

「どうだろう。おはぎの子は白が交じってるから、そうなのかも」

「家族に会いに来たのかな」

「さあ」

白猫はしばし段ボールの方を見つめた後、音も立てずに歩き去って行った。

「もしかしたら」と井澄さんが呟くように言う。「ああやって、遠くから家族を守ってるのかもしれないね」

野良猫の子育てについて調べていた時に見た、ある調査結果を思い出した。父猫は基本、子育てをしない。でも猫が増え、他の雄猫が幼い子供を殺して雌を奪うようになっていく中で、近付く雄を威嚇して追い払い、家族を守るようになった父猫が現れた、という話だ。それは猫の一つの進化なのだという。

猫でさえ、環境に合わせて変化していける。これまで「そんなことあり得ない」と思われてきたことも、変わっていく。だから、人間が変われないなんてことはない。生きられない理由に圧し潰されて、死ぬことでその重さから逃れようとした井澄さんも、生きることを決意した。それはとても苦しく痛みの伴う決断だったと思う。許されるなら、僕も可能な限り手助けをしたいと、純粋にそう思う。だって僕たちは、かけがえのない友達なのだから。

詩織も、変わっていけるはずだ、と思う。それくらいの世界の優しさが、傷付いた僕たちに与えられてもいいだろう。いや、それすらも与えられないくらい世界が不条理だとしても、僕が彼女を変えていく。改めてそんな覚悟をした。

＊

最近すっかり寒くなってきたね。

前に教えてくれた公園の子猫、今日登校前に見に行ったよ。段ボール箱の中で姉妹で遊んでた。ふわふわで、ちっちゃくて、にいにい鳴いてて、最高にかわいかった。

小説、私のパートを書いておいた。物語も終盤って感じの雰囲気が出てきたね。最初に書き始めた時には、こんなことになるとは、想像もつかなかった。物語の展開に関しても、葉くんとこうして交代で書いているということについても。

あと少しで完成できそう。これが出来上がれば、私の中で区切りになる。これまでありがとう。きっと私一人じゃここまで書けなかった。


昨日も詩織は学校に来て、ノートを残してくれている。そのことにほっとするけれど、それだけではダメなんだ。彼女がこの世界で生き続けようと思えるような、強い理由が必要なんだ。

寒くなったね。僕は四季の中では秋が好きなんだけど、秋はあっという間に終わってしまうから少し寂しい。でも、また来年も、その次の年も、秋は律儀に巡ってくるから、その時に楽しめばいいね。

そういえば翠とノートでやり取りを始めた頃、古典で枕草子を扱っていた。春はあけぼの。夏は夜。秋は夕暮れ。冬はつとめて。

寒いのは得意じゃないけど、冬の早朝は確かにいいものだなって思う。まだ町が目覚め始める前の、夜明け間近の紫苑色の空。空気が冷たく凛として、吐く息が白く立ち昇っていく。身が引き締まるような孤独な時間に、自分の命の温度を感じられるような気がする。

一年を構成する全ての季節に、それぞれの趣きがある。そう考えると、なんだか素敵だなと思うよ。

翠は、どの季節が好き？

明日も言葉のやり取りが続けられるように質問文で返事を終わらせて、彼女が書いた小説の続きを読んでいく。詩織が言う通り、クライマックスが近いことを感じる。どんな展開にするか、どんな結末にするか、しっかり考えていかなくては。

完成が区切りになると言った詩織は、自分を終わらせるために書いているのだろうけれど、僕は彼女を終わらせないために書いているんだ。

深呼吸して気持ちを高めて、シャーペンを持ってノートに向かった。

＊

翌朝、教室に入って自分の席に座り、詩織の返事を読むために机の中に手を入れた。この行動はもうクセのようになっていて、登校後のルーチンワークとして無意識に行っている。

けれど今日、そこにノートはなかった。金属の冷たい感触だけが手に伝わる。腰をかがめて中を覗き込んでも、何も入っていない。

まさか——と血の気が引く。詩織に何かあったのだろうか。

でも、ここ数日のノートの文章は、すぐに自分を終わらせるような追い詰められたようなものではなかった。それに、まだ小説も完成していない。まだ彼女の誕生日にもなっていない。楽観論ではあるけれど、詩織は生きていると思う。

体調を崩して学校を休んだか、ノートを持って来るのを忘れたか、小説の執筆に苦戦していてまだ持って来られないか、といったところだろうか。

風邪でもひいているのならお見舞いに行きたいけれど、僕が会いにいくわけにはいかない。ノートの中の「葉」が、過去に自分を深く傷付けた葉月漣だと知れば、彼女はまた、手の届かない遠くに行ってしまうような、そんな怖さがある。

不安も心配もあるけれど、その感情が状況を変えてくれるわけではない。僕は僕のできることをしよう。ルーズリーフを何枚か取り出して、僕なりの物語の着地点を考え、書いていく。


放課後の公園で、井澄さんに訊いてみた。

「夜間の教室に、翠川詩織っていう女子生徒、いるかな」

彼女は何かに気付いたように少しだけ目を大きくして、僕を見た。

「もしかして、その子が、葉月くんの大切な人？」

僕は静かにうなずいた。

「そっか……。でも、ごめん、聞いたことない名前だから、私のクラスじゃないと思う。他のクラスだとまったく交流もないから、知らないや。ごめんね」

「いや、いいんだ」

「直接会って、話さないの？」

「……色々あって、顔を合わせない方がいいかなって、思ってる」

「ふうん」

知らないのなら、井澄さんから詩織のことを聞くのは難しそうだ。でも、もし、仮に、考えたくはないけれど、万が一、同学年で自殺者が出たら、さすがに耳に入るんじゃないだろうか。それすらないのなら、やはり詩織はまだ生きているはずだ。

でももし、生徒にショックを与えないよう、情報が伏せられているとしたら。もし、まだ発見されていないだけだとしたら——

僕は首を振って、悲観的になる思考を追い払った。大丈夫。詩織は生きている。きっと明日になれば、また机にノートが入っているはずだ。

＊

けれど翌日になっても、ノートはなかった。冷たい不安が心を縛る。ノート以外の連絡手段を用意していなかったことを心底悔やんだ。

昼の休憩時間に職員室に行き、担任に声をかけた。

「あの、変なこと訊きますけど……夜間授業の生徒で、最近突然登校しなくなった人とか、いませんか？」

担任は、「夜間は担当教師が違うから分からないけど」と前置いて、でもそういう話は特に聞いていない、ということを教えてくれた。ひとまず安堵する。

詩織は生きていて、登校もしている。そのはずだ。じゃあなぜノートを入れてくれないんだ。もしかしたら、僕の正体に気付いて、拒絶しているのだろうか。やはり、僕は、それほどに、彼女に嫌われているのだろうか……。

不安と悲しみに潰れそうになりながら、足を引き摺るように歩いて、教室のドアを開けた。部屋の中はいつも通り騒がしい。そんな中でも、ガラの悪い男子生徒たちの声が耳に入った。

「あ、戻ってきた。隠せ隠せ」

「別によくね？　次オレにも見せろよ」

「くっそウケルぜこれ。高校生にもなって交換日記とか」

「しかも自作の小説付きな！　キモくて鳥肌立つんだけど！」

品のない笑い声が湧き起こる。教室の中央、廊下側の席に、五人の男子生徒が集まっている。その手には、見慣れたノートが。

僕が見ていることを確認し、ノートを持っている男がページを捲って、これ見よがしに教室中に聞こえる声で音読を始めた。

「これは誰にも話したことがないんだけど、葉くんにだけは教えるね！」

またグループ内で爆笑が起きた。

「敢えてそこを読むとか、エグっ！」

「しかも声でけーんだよお前」

「『葉くん』に怒られっぞー」

自分の体の中を、マグマのようにドロドロとした熱く黒い感情が満たしていくのを感じる。

ゆっくりと歩き、そのグループの方に向かう。僕が近付くのを見て、そいつらはまた笑った。

手の届く距離まで行くと、全員が僕の方を向いた。笑いを堪えるようににやけている。

「……何してんの」と、なるべく静かに言った。

グループの中心になっている一人が、ノートをひらひらと振って答えた。

「あ、これ？　落ちてたから誰のか調べようと思って、中、見ちゃった。なに、これお前のなの？　っていうかお前、名前何だっけ？」

再び爆笑。

机の中に入れていた物が、「落ちていた」なんてことがあるか。これまで半年近く、そんなことは一度だってなかった。僕がこのノートに執心しているのを見られでもしたのか、こいつらが悪意で持ち出して、意味もなく回し読みして、笑いものにしていたんだろう。詩織の、大切なノートを。体の中のマグマが沸々と煮え滾る。

でも、怒りを行動に変えてはだめだ。僕はその最悪な結末を一度、数年前に経験して学んでいる。

「返してよ」

ノートに向けて手を伸ばすと、それはひらりと遠ざけられた。

「おっと、お前が持ち主っていう証拠がないだろ」

「僕のなんだけど」

「言うだけなら誰でもできるからなぁ」

「……僕にどうしてほしいわけ？」

「いや別にオレらもさ、嫌がらせしたいわけじゃないんだよ？　落とし物を拾ったから、正しい持ち主に返さないとなぁっていう義務感でやってるだけで。だからお前が持ち主だって証明してくれればいいんだよ。分かる？」

「どうすれば証明できるんだよ」

「カンタンじゃん。中に書いてあることを言えばいいだけ」

周りの男は笑いを堪える様子を僕に隠そうともせずに仲間に見せ合い、それをまた笑いの種にしている。

僕はゆっくりと息を吐き出し、この茶番を早く終わらせるために素直に従う。僕に対する嘲笑や侮蔑は、別にどうでもいい。大事なのは詩織なんだ。

「それは、僕と、もう一人で、交代で書いてるノートだ。前半は雑談用のスペースで、後半は小説を書いてる。……これでいい？」

男はノートを広げてパラパラとめくり、首を傾げた。

「それだけじゃちょっと情報が少ないよねぇ。相手はどんな人？」

「……本名は教え合ってないから、仮名で呼んでる。僕は『葉』で、相手は『翠』」

「どんな話をしてんの？」

「もういいだろ？　持ち主じゃない人間がここまで内容を話せると思う？」

ノートから視線を外し、そいつは僕を見上げる。その表情には明らかな苛立ちが宿っていた。

「お前調子乗ってる？　立場ってもん分かってる？」

数年前の立原の顔がこいつに重なる。こういう奴らは自分の考えや機嫌だけが世界の中心で、それにそぐわないものは「調子に乗ってる」として断罪の対象になるんだろう。

「立場って何？　ノートを返してほしいだけなんだけど」

「さっきからいちいち態度がムカつくんだよお前。陰キャのくせに何なのその口の利き方。何なのその表情。返してほしけりゃ敬語使えよ。土下座しろよ。オレらのことバカにしてんの？」

「人をバカにしてるのはあんたらの方だろ」

男の表情が歪み、舌打ちが聞こえた。そいつは開いたノートの両端を左右の手で持ち――

中央から二つに切り裂いた。

そして歪んだ笑みを浮かべて、言う。

「翠ちゃん、死ぬといいね」

もう、ダメだ。限界だ。

体が理性を振り切って、右手の拳がそいつの鼻先を殴り飛ばした。激しい音を立てて男は椅子ごと後方に倒れる。

「いってぇ！」

教室に悲鳴がこだまする。取り巻きの男たちが僕を掴んで、「何してんだよ」だとか、「調子乗んな」だとか喚きながら、僕の顔を、腹を、胸を殴る。僕が殴った男も鼻血を拭いながら起き上がって、僕の顔を殴り、脇腹を蹴った。僕は机にぶつかりながら床に転がる。

「……返せよ」

「ああ？」

四つん這いになると、自分の顔から赤い液体が床に滴っているのが見えた。血を見るのも、久しぶりだ。

「返せよ！」

体中の力を振り絞って男に駆け寄り、そいつの顔めがけて右拳を振り抜く。鈍い音と右手の衝撃の後、男はよろめいたが、すぐに僕の腹を殴った。唾と血がそいつの腕に降りかかり、「きたねえな！」とまた顔を殴られる。

僕は再び床に倒れながら、目はノートを探した。初めに男が倒れた辺りの床に、切り裂かれたまま落ちている。全身に激痛の走る体で這いずって、そこに向かう。手を踏み潰され、脇腹を蹴られ、転がって机に激突する。それでも這う。僕と詩織が綴ってきたノート。彼女の命を繋ぎ留めてきたやり取り。二人で交代しながら書いた、未完成の物語。

ノートに手が届き、二つを引き寄せて、守るように体を丸めて胸元に抱き締めた。僕はどうなってもいい。でもこのノートはこれ以上損なわせない。

そのまま取り囲まれ四方から蹴られ続けた僕の体は、意識を途絶することで自分を守ることを、選んだようだった。

＊

ふと気付くと、ベッドの上に寝かせられていた。

これまで利用したことはないけれど、ここが学校の保健室なのだということは、周りの景色や、消毒液のような匂いから、すぐに分かった。

口の中はカラカラに乾いて血の味がして、体中が信じられないくらいに痛くて、起き上がる時に悲鳴を上げそうになった。

僕の意識の回復に気付き、白衣を着た四十代くらいの恰幅のいい女性が近付いてくる。

「起きたの。具合はどう？」

「……最悪です」声は掠れていた。

「だろうね。五人相手に殴りかかったんだって？　まったく、無茶するんじゃないよ。ご両親が心配するよ」

「心配してくれる親なんていません」

「……そうかい。だからって、自分を粗末にするもんじゃないよ」

大人に何を言っても、正しく理解はされない。その人の都合や価値観や妄想や思い込みで解釈され、捻じ曲げられ、勝手に納得される。そう考えている僕は、何も言わなかった。

「最初に手を出したのはよくなかったけど、クラスの他の子の証言で、彼らが一方的に悪そうだってのは先生方も理解したみたいだから、今はゆっくり休みな。明日には生徒指導からたっぷり話を聞かされると思うけどね」

けらけらと笑う声がうるさくて、僕は窓の外を見た。夕陽が燃えて、空を赤く染めている。壁にかけられた時計を見ると午後四時半だった。今日は井澄さんと会えそうにない。心配かけないといいけれど。

そこで、僕は気付いた。慌てて周りを見渡す。

「どうしたの、キョロキョロして」

「ノートは、どこですか。僕の、ノート」

「さあ。私物だったら、教室の自分の席にでも置かれてるんじゃないかね」

布団をどけて、ベッドから降りる。腹部の激痛に顔を歪めながら、床に置かれていた靴に足を入れた。

「ちょっとちょっと、まだ休んでなって」

「いえ、もう大丈夫です。ありがとうございました」

引き留めようとするその人を振り切って、保健室を出た。足にはそれほど痛みがないから、廊下を歩いて、階段を上る。

ノートはどうなっただろうか。無事だろうか。中央で引き裂かれただけなら、テープで止めればまた読み書きできるかな。……翠には、なんて説明すればいいだろう。

やがて教室の扉の前まで辿り着いた。曇りガラスになっていて中は見えないけれど、全日制の生徒はもう全員帰ったのだろう、話し声などは聞こえずしんとしている。痛む右腕を上げて取っ手を掴み、ゆっくりとドアを開けていく。

部屋の中には、夕焼けが振りまく茜色の光が優しく満ちていた。

他に誰もいない教室の中、僕の机を前にして佇む一人の女子生徒がいた。

窓から射す光でシルエットになっているその姿は、机の上に置かれた、折れ曲がって僕の血が滲み、ぼろぼろになったノートを見下ろしているようだった。

心臓が鼓動を速くしていく。体が動かない。頭の中が真っ白になっていくのに、感情だけが滾々《こんこん》と溢れ出す。

「し……」

声が震える。

「詩、織……なのか」

女子生徒はゆっくりとこちらを向いた。光に目が慣れて、次第にその表情が見えてくる。

微笑んでいるように見えた。でもその笑顔は、今にも崩れて泣き出しそうなほど、儚いものに見えた。

そしてその人は、僕の名を呼んだ。

そよ風にも消えていきそうな、鈴の音に似た透き通った声で。

「久しぶりだね、漣」

# 八話　夜に落ちる

目の前に詩織がいる。幻でも見ているような気分だった。

でもこれが揺るぎない現実であることは、彼女の姿が示していた。詩織がいなくなった、中学二年の夏。あの頃からもう三年半が経っている。彼女の髪は記憶の中より少し長くなっていて、頬は少し痩せているように見える。

何か、言わなくては。会いたかった、だろうか。ごめん、だろうか。言いたいこと、言わなくてはいけないこと、伝えたい想いが多すぎて、どんな言葉も出てこない。

詩織は少しうつむいて、

「ちょっと、話してもいいかな」

静かにそう言った。

「……もちろん」

「多分もうすぐ夜間の生徒が登校してくるから、屋上に出ない？」

「分かった」

「ありがと。じゃあ、行こう」

彼女は机の上のぼろぼろのノートを手に取り、教室の出口に向かい歩く。立ち止まったまま動けない僕のすぐ横を、詩織が通り過ぎる。初めて見る高校の制服姿。黒い髪が揺れている。懐かしさと愛しさと悲しさで、泣きそうになる。

詩織が教室を出て、僕もその後に続いて歩く。階段を上って、屋上に出る扉を開けた。外は風が強く、冬の冷たい空気を全身に吹き付けてくる。詩織は寒くないだろうか。着せてあげるコートも何も持っていないことを悔やんだ。

彼女は屋上の端まで歩くと、僕の方を振り向いた。三メートルほどの距離を開けて向き合う形になる。何を言うべきか考えていると、詩織が先に口を開いた。

「驚いたよね。引っ越した先の高校に通ってたら、同じ高校に漣も転校してくるなんて。しかも、昼と夜の、同じ席で」

「うん、驚いた。……詩織は、ノートの中の『葉』が僕だって、気付いてたの？」

「最初は分からなかったよ。でも途中で気付いた。だって、葉くんが書くエピソードが、私が知ってるものとぴったり一致するんだもん。間違いないって確信したのは、葉くんが廃バスの秘密基地の話をした時だね」

それは確か、夏の頃にノートに書いたことだ。僕が「翠」を詩織だと気付くよりももっと早くに、彼女は僕の正体に気付いていたのか。

僕はゆっくり息を吸いこんで、先ほど言えなかった言葉を口にする。

「あの……ごめん」

詩織は小さく笑って、「何のこと?」と訊いた。

「色々なこと……。特に、三年前の夏、君を嫌いと言ってしまったこと。本当にごめん。もう今更かもしれないけど、あれは、僕の本心じゃないんだ。それはどうか、分かってほしい」

言いながら頭を下げた。どんな非難も罵りも受け止めよう。

「そんなの分かってるよ」

優しい声だった。少しほっとする。

「そりゃあ、その時はショックだったし、傷付きもしたよ。でもその時、ああいう風に言わなきゃいけない空気だったのも、分かってる。あの頃、教室の空気、最悪だったもんね」

「じゃあ、なんで、何も言わずにいなくなったんだ」

「私は漣のそばにいない方がいいって思ったから。少し前から、引っ越しの話は聞いてたから、ちょうどいいタイミングだった」

「分からない。なんでそうなるんだ。僕は君に、そばにいてほしかった」

詩織は悲しげな顔をして、うつむいた。

「私は、漣が期待するような、綺麗な女の子じゃないよ」

「……どういうこと？」

「ズルくて、暗くて、汚れてて、自分本位で、でも自分が嫌いで、誰かを利用して、寄りかかって、醜く生きてる」

「そんなの、多かれ少なかれ誰だって持ってる。完璧な聖人君子なんてこの世にいないよ。

——初めて会った時のこと、覚えてる？　僕は一秒たりとも忘れたことはない。公園で独りぼっちのまま消えてしまいそうだった僕の手を引いて、君の秘密基地に連れて行ってくれたんだ。それがどれだけ嬉しかったか。僕がどれだけ救われたか、君は知らないのか」

彼女は小さく首を振った。

「やっぱり、分かってないよ」

「何を」

「あれは、助けようとしてそうしたんじゃない。都合よく寂しそうな子がいたから、利用したんだよ。私の孤独に引き込んで、一緒にいさせるために。喜ばせて、依存させたかった。私から離れられないようにしたかった。そうしないと、寂しくて生きていられなかったから」

「詩織にどんな意図があろうと、僕が救われたのは確かだし、感謝してるよ」

「でも、私といたから、漣の人生はぐちゃぐちゃになった。友達もできなくて、虐めに巻き込まれて、酷い目に遭った。今日だって、先生から聞いたよ。ノートを取り返そうとして、何人もの男子から暴行を受けたって」

「そんなのは、君のせいじゃない。詩織は関係ない」

「関係あるよ。全部私のせい。私と関わった人は不幸になるんだ」

彼女が書いていた小説の中の、「翠」の姿が詩織に重なった。

「……ならない。そんなの迷信だ」

「迷信じゃないよ。ノートにも書いたの、読んだでしょ。私のせいでお母さんは死んで、お父さんも変わっちゃった。私のせいで虐めが飛び火して、諸橋さんも、漣も傷付いた」

やはり幼少の頃の母親の事故が、彼女の中で拭えない呪いになってしまっているのだろう。どんな言葉なら、彼女を蝕むその心の呪いを晴らせるのだろう。

「……ねえ、漣」

「うん？」

「あの約束、覚えてる？」

胸が痛んだ。忘れたことなんてない。でも今、その約束を持ち出したくなくて、

「なんのこと？」

と僕は濁した。

「……いつか、本当に生きるのをやめたくなった時は、一緒に死のう」

涙が零れるのを止められなかった。僕を支えて、生かし続けてきた、その約束。

彼女は、触れるだけで壊れそうな、硝子細工のような微笑みで続ける。

「私ね、今、その時なんだ。本当に生きるのをやめたい」

世界は残酷で。この命は無意味で。この手は何も守れない。そう思っていた。

「だから、漣。一緒に死のう？」

でも今は、それだけじゃないことも知っている。世界にある優しさとか、綺麗な感情とか、苦しさの中でも生きようとする強い心とか、受け継がれていく命の輝きも知っている。

だから僕は、死にたいとは思わない。詩織と一緒に、生きていたい。

「……まだ君の誕生日にもなっていないし、あの小説だって完成していない。地獄のようだった中学時代から、状況も環境も変わった。何かあっても今度こそ僕が、ちゃ

んと守るよ。それでも、どうして君は、死にたいと考えるんだ」

詩織は微笑みを消し、うつむいた。

「死にたいっていうよりも、生きていたいと思えない。人生に喜びも、希望も夢も、意味も理由も、何も感じない。そんな命で生きていくことは、苦痛でしかない。だから死んで終わらせるしかない」

そして僕に背を向け、屋上の端の、腰くらいの高さの壁に飛び乗った。冬の風の寒さだけでなく、体の内側がぞっと冷たくなる。

「待ってくれ、詩織！」

ノートを持ったまま両手を広げてくるりと回転し、僕の方を向いた彼女は、また薄っすらと微笑んでいる。彼女の制服のスカートを強い風がはためかせる。夕陽はとっくに地平の向こうに落ちていて、暗い夜が支配する空には、冷たく光を放つ満月が浮かんでいた。そんな背景を前に微笑む詩織は、孤独な道化師のように思えた。涙の仮面はつけていなくても、泣いているように、思えた。

「心配しないで。約束が叶えられないなら私一人で逝くから。漣に迷惑はかけないよ」

「そういうことじゃない！　僕は君に死んではしくない！」

「……どうしてそう思うの？」

「君が好きだからだ！　初めて会った日から、今でもずっと好きだ！　そんな大切な人に死んでほしいなんて思わない！」

「漣が好きな私は、漣が作り出した幻の私だよ」

「そんなことない。たとえ君がどんなに自分を否定しようと、これまで僕が見てきた、僕が好きな詩織も、間違いなく君を構成する要素だ。優しくて、不器用で、寂しがりで、いっぱい傷付いてて、他人のために真剣に悩んで、行動できる人だ。君が言うように、打算や計算で動いていた面があったとしても、そういう汚い人間らしさも含めて、君の全部が好きなんだ！」

詩織はうつむいて、息を吐き出した。呼気が白くなって、夜空に立ち昇っていく。

「でも漣は、私の全部は知らない」

「そんなの当たり前だ。でも知りたいと思ってる。そしてその全部を愛してみせる」

「嘘だよ」

「嘘じゃない！」

「じゃあ教えてあげる。翠としてノートにも書いていない、まだ誰にも話していないこと。私は今日、お父さんを……殺してきたんだ」

「なっ――」

吹き荒《すさ》ぶ風の音まで聞こえなくなった気がした。詩織はここではないどこかを睨むように目を細めて、震える声で言う。

「今日、バイトから家に帰ったら、クマのぬいぐるみがなくなってた。ノートにも書いた、私の七歳の誕生日にお母さんが買ってくれた、私の宝物。たった一つのお母さんの形見なんだよ。それなのに、お父さんに訊いたら、汚いから捨てたって。私、それだけは、本当に許せなくて……」

言いながら、彼女の頬に涙が伝っていく。その雫も拭わないまま、絞り出すように言葉を続ける。

「言い合いになって、そしたらまた、殴られて。私、悲しくて、悔しくて、もう、心がぐちゃぐちゃになって。初めて、反抗したんだ。自分でもよく覚えてない。叫んで、叩いて、殴られて、必死で掴みかかって、倒れて、転がって――。気付いたら、お父さんは動かなくなってた。頭から、血が流れてた……。私は、逃げるようにそのまま、学校に来て……」

状況を思い出しているのか、彼女は自分の体を抱くようにして震えた。僕はどうするべきなのか。何を言うべきなのか。頭をフル回転させても、答えは出ない。

「だから今日、本当に、終わらせるつもりでここに来たんだ。小説も書き終わってない。誕生日も来てない。でも、私にはもう、こうするしかない」

「いや、待ってくれ。罪なら、償える。やり直せるよ。正当防衛だと認められる可能性だってある」

「罪を償って、やり直して、その先に何があるの？　つらくて苦しくて、周りの人を巻き込んで、傷付けて、壊しながら、それでも生きていかなきゃいけない理由って何？」

「それは……」

答えられない。残酷で不条理な世界の中で、傷付き苦しみながら、それでも生きていかなければならない理由なんて、僕だってずっと分からなかった。

詩織は涙を拭って、自分を落ち着かせるようにゆっくり呼吸をする。

「……分かったでしょ？　漣が思い描いてるような綺麗な女の子なんて、どこにも存在しないんだよ。私は、母親も、父親も、自分のせいで死なせた。私の手も、体も、心も、魂も全部、濁って、ひび割れて、汚れてるんだ」

「違う……違うよ」

力なく首を振りながらも、僕は分かっている。こんな言葉では、詩織は止められない。でも、それなら、一体何を言えばいいというんだ。

歯噛みしてうつむく僕の脳裏に、井澄さんの横顔が浮かんだ。

（じゃあ、変な小細工とかなしに、素直なその気持ちをぶつけることが、やっぱり一番じゃないかな）

優しい風の吹くあの公園で、彼女は涙を流して、静かに微笑んでいた。あの時僕に、歌うように教えてくれた言葉が、暗く沈んだ体の内側に浮かび上がってくる。

「漣も、ごめんね」そう弱々しい声で、詩織が言った。

「……え？」

「あの冬の日、私に声をかけられて、私の孤独に巻き込まれて、私に勘違いの幻想を抱いて、そんなものに何年も縛られて、ひどい人生だったでしょ」

これまでと違う、熱を持ってチリチリと痛みの伴う気持ちが、胸の中に生じた。

「でも今日、私の真実を知って、幻滅したでしょ？　漣の中の理想の私は、漣が勝手に作り上げた幻だったって、分かったでしょ。もう私のことは、忘れていいよ。私が消えれば、漣は自由だよ」

自分の中にさらに強い怒りの感情が激しく燃え立つように生まれるのを感じた。それは、彼女を追い詰める不条理な世界に対してもそうだが、何よりも詩織が、僕の感情を勝手に決めつけて、僕の愛情を否定したことに対してだった。

「なめるな！」

両手を固く握って、冷たい空気を肺に取り込み、僕は想いを叩きつける。

「こっちはもう七年近くも君を愛してんだ！　だからこの感情はそんな単純じゃない、もっと深くて、複雑で入り組んでて、厄介なくらいに確かな存在だ！　そんな程度のことで揺らぐと思うなよ！」

「っ！　何だよそれ！　私がどれだけ悩んで苦しんで絶望してきたか知らないくせに、そんな程度とか言わないでよ！」

詩織も顔をぐしゃぐしゃにして泣きながらそう叫んだ。

「ああ知らないよ！　知るわけないだろ！　人の気持ちや痛みなんて百パーセント正確に理解できるわけがない！　君だって僕の気持ちや苦しさなんて分からないだろう！　君といた時間が、僕にとってどれだけ温かくて幸せなものだったか、君は知らない！　君がいなくなって、君を傷付けたと思って、どれだけ僕が悩んで苦しんで絶望してきたか、君は知らない！　でもそれはしょうがないんだ。当たり前だ。僕の痛みも絶望も、僕だけのものだ。君を愛してるからこその、大切な痛みだ。他の誰かに簡単に理解されてたまるか。それを、勘違いだとか、幻滅だとか、ひどい人生だとか、勝手に決めつけるな！」

何を言えばいいのか、そんなこと考えなくても、感情も言葉も滔々《とうとう》と溢れる。七年間溜め込み続けた想いが、爆発している。

「人の本当の気持ちなんて、誰にも分からない。でも僕は、自分の気持ちを理解してる！　だから僕は、嘘でも建前でもない、僕の百パーセントの感情を、ずっとずっと抱え続けていた本当の気持ちを叫ぶから、黙って聞いてくれ！」

再度胸いっぱいに息を吸いこんだ。それを声に変える。届け、届け。そう願いながら。

「どんなにつらくても、この世界が残酷でも、僕は君に生きていてほしい！

こう願うことが君を苦しめるってことも分かってる！

だからこれは僕のエゴだ。醜いエゴだ！　子供みたいなワガママだ！

でもその分、今度こそ絶対に君を守るし、幸せにしたいと思ってる！

苦しみも悲しみも一緒に背負う。喜びは一番に君に届ける！

明日も、明後日も、来週も、来月も来年も、十年後でも二十年後でも、君が生きる理由を、毎日いくつでも探す！　何千でも、何万でも、何億でも！

僕が君の生きる理由になる！

だから！

僕と、死ぬまで、生きていてくれ！」

詩織は泣いていた。自嘲的な冷めた微笑みでもなく、怒りを含んだ表情でもない。ただ純粋な「翠川詩織」として、あの夏の秘密基地で泣きながらキスをした時のように、静かに、涙を流していた。

弱々しく震える声で、彼女は言う。

「……でも、私といると、不幸になるよ」

「ならない。そんなの迷信だ。偶然の積み重なりだ。僕が一緒にいて、それを証明してみせる」

「でも、生きるのって、苦しいよ」

「それは、分かる。だから二人で、一緒に背負おう」

「私、こんな、面倒くさい性格だよ」

「もう十分分かってるよ。それでも好きなんだ」

「私……私……」

うつむいた詩織は、一度苦しそうに表情を歪めて、そしてゆっくりと顔を上げ、真っ直ぐに僕を見た。

「漣と一緒に、生きて、いいの……?」

「当たり前だ。僕がそれを何よりも望んでる。僕にとって君と生きることが希望で、幸福で、そして僕の、生きる理由なんだ」

彼女は躊躇いながらも、ゆっくりと、僕の方に右手を伸ばした。その手を掴むため、僕は歩み寄る。

僕たちは、なんて不器用で、こんなにも遠回りをしてしまったんだろう。

でも、やっと、本当の気持ちをぶつけ合って、距離を縮められた。

七年前、詩織が凍える僕の手を引いてくれたように、今度は僕が、彼女の手を、しっかりと掴もう。

指先が触れ合う距離になる。僕たちは幸せになっていける。

けれどその時、無慈悲な神様の一撃のような、暴力的な突風が吹き抜けた。

「あっ」

詩織の小さな悲鳴が聞こえた。バランスを崩した彼女の体が後ろに倒れていく。ここは、四階分の高さだ。

僕は渾身の力で屋上の地面を蹴り、跳び上がった。詩織が立っていた壁を跨ぎ、重力の腕に掴まれてゆっくりと落ちていく詩織の体を抱き締めた。彼女の頭を自分の胸元にしっかりと寄せ、頭から落ちていく、その先の闇を睨む。

私と関わった人は不幸になるんだ。そう言っていた詩織を思い出した。

そんなわけがあるか。そんな理不尽な呪いがあってたまるか。
僕がそれを、否定してみせる。
僕は、詩織と二人で、生きてみせる。

私はポケットから消しゴムを取り出し、胸の高さに掲げる。駅前の広場、集まっている人は数百人くらいだ。私が叫ぶように話してきた内容で、ここにいる人たちに私の記憶が少しずつでも浸透したと思う。それを一気に、全部消せば、今度こそ私をこの星の上から、跡形もなく消すことができるはずだ。

消しゴムを振るために右手を後方に伸ばした。そして――

「やめろ、翠！」

左の方から葉くんの声が聞こえた。人混みの中から彼が飛び出して私を抱き締めると、そのまま台座から落ちるように、二人で硬い地面に倒れ込んで転がった。

私を抱き締める葉くんは、走って来たのか息を切らしている。心臓の鼓動が聞こえそうなほどの近くで、彼は「こんな所で何してんだよ、バカ」と小さく言った。

「なんで、葉くんがここに来るの？　記憶は消したはずなのに」

「思い出したんだよ、全部」

私ははっと息を呑む。私の消しゴムの力の強大さは、これまでで十分理解している。さっきの屋上で、葉くんの記憶は確かに消えたはずだ。超常的な力で消された記憶を取り戻すような、そんな手段は一つしか考えられない。

「鉛筆を……使ったの？」

「そうだよ」

人の欠損を補う鉛筆の代償は、使った人の命を削ること。私の眼から何度目か分からない涙が溢れ出す。

「なんで、なんでそんなことするんだよ。私のことなんてもう放っておいてよ」

「君が大事だからに決まってるだろ」

そう言った葉くんは、苦しげな呻き声を出した。彼の腕の力が弱まり、私は上半身を起き上がらせた。地面に横たわったままの葉くんの表情は、痛みに耐えるように歪められている。

「分からないよ。数日話しただけの私なんか、どうしてそんなに大事だって言うの」

「やっぱり、翠も忘れてるんだな」

「え？」

「これから先、君が何度消えようとしても、その度に僕が、この世界に君を留まらせてみせるよ。だから、もう、諦めるんだ」

彼は震える腕を上げ、その優しい指先で私の頬を伝う涙を拭い、微笑んだ。

「そう思えるくらい、僕は、ずっと昔から、君を好きだったんだよ」

私の頬を撫でる彼の腕が、力を失ったように地面に落ちた。葉くんの顔から表情が消え、瞼がゆっくりと閉ざされていく。

「嘘。嫌だよ、葉くん。目を開けてよ」

彼の手の中から、短くなった鉛筆が転げ落ちた。使う人の命を削る、鉛筆。

「ああ……」

彼が拭ってくれた涙が、止めどなく溢れ出す。

「ううう、あああ……」

私のせいで。私なんかのせいで。

騒めく人の輪の中心で、私は動かなくなった葉くんを抱き締めながら、声を上げて泣き続けた。

# 九話 ―― 手紙

お前のせいだ。

お前のせいだ。

幼い頃から言われ続けてきた。

私のせいでお母さんは死んで、私のせいでお父さんは変わってしまった。

家にいれば殴られ、蹴られるから、小学校の授業が終わっても暗くなるまで帰りたくなかった。

私という存在が、周りを不幸にする。誰かを傷付ける。大事な人を壊してしまう。

心の奥底まで刻み込まれた卑屈さと恐怖で友達もうまく作れずに、誰にも心を許せずに、いつも独りぼっちで彷徨い歩いていた。寂れた草むらの中に打ち捨てられた廃バスを偶然見つけたのは、小学三年の冬だったか。最初は少し怖かったけれど、誰とも会わなくていい唯一の「自分の居場所」を見つけられた気がして、嬉しかった。

家と、学校と、秘密基地。その三つを静かに行き来する生活の中で、通り過ぎる公園にいつも一人で座っている男の子がいることに、やがて私は気付いた。

私と似ている。そう感じたんだ。

誰にも必要とされていなくて、自分を見失いそうで、生きる理由なんてなくて、心が乾いてひび割れていくのを感じながら、一人ではどうすることもできずに、命を引きずって漫然と生きている。

当時九歳だった私はそこまで正確に意識を言語化できていたわけじゃないけれど、何日もその子を見かけるうちに、直感的にそう感じていた。

あの子なら、私と一緒にいてくれるかもしれない。私のせいで傷付いても、不幸になっても、そばにいてくれるかもしれない。

寂しかったんだ、私は。誰かとの切れない繋がりが欲しかった。そうしないととても生きていける気がしなかった。独りぼっちで、この、冷たく残酷な星の上で。

だから、小学四年の冬、思い切って声をかけた。とても緊張したけれど、思惑は上手くいった。「葉月漣」という名のその男の子は、その日から、私の秘密基地の常連になった。

彼がどうしていつも一人なのかを、私は尋ねなかった。だって、訊けば、私も話さなくてはいけなくなる。彼も私にそれを訊かないことはありがたかった。彼の静かな優しさが、心地よかった。

漣といる時間は温かく、楽しくて、幸せだった。久しぶりに心が弾んだ。私といても、漣は不幸になる様子はなかった。あるいは既に十分不幸な境遇にあったから、私の呪いが効かないのかもしれない。そう、当時の私は考えていた。

家では虐げられても、私には居場所がある。漣となら、一緒にいられる。私を必要としてくれる人が、そばにいる。それは満ち足りた時間だった。きっと、私の人生の中で、一番の。

けれどその優しい時間は、中学への進学で壊れてしまった。教室内の狡猾で残忍な虐めに私も漣もターゲットにされ、苦しみと不安に耐える日々。反抗なんてできなくて、大人は頼りにならなくて、二人ぼっちで静かに肩を寄せ合うことしかできなかった。

やっぱり私は、周りを不幸にしてしまうんだ。私といると傷付いていく。大切な人が、壊されていく。

それでも優しい漣は、私といてくれるのだろう。どこまでも傷付きながら、自分を損ないながら、私を守ってくれるのだろう。そう確信できるくらいに、私は彼と同じ時間を過ごしてきた。

だから、その優しさを利用すればいい。このままずっと、私の孤独と呪いに、漣を巻き込み続ければいい。そのために彼に声をかけたのだから――。そう考えたこともある。

でも、誤算があった。私の最大の失敗。

それは、漣に恋をしてしまったこと。

気付けば、もうずっと前からそうだった。いつでもそばにいてくれて、静かに寄り添ってくれて、一緒に笑って、一緒に泣いてくれる。

気持ちは伝えていなくても、大好きだった。好きになりすぎてしまった。

誰よりも大切だった。私なんかのために、傷付いてほしくなかった。

私のいないところで、幸せになってほしかった。

だから私は、私と漣の繋がりを、断ち切ることを決めた。


新しい町に越してからは、本当の地獄のような日々だった。

ここには寄り添ってくれる漣もいなくて、駆け込める秘密基地もない。

冷たい夜の中、殴られて痛む体を布団に押し込めて、せめて心だけは守ろうと漣のことを思い浮かべると、絶望的に悲しくなって、私は独り、声をあげて泣いた。

漣。漣。漣。

自分から関係を切ったのに。お別れも言わずに去ったのに。早く忘れなきゃいけないのに。

その名前が。その声が。その優しい微笑みが。

交わした言葉が。触れ合った温度が。想い出の全部が。

私を縛って、心に食い込んで、血を流しながら、私を生かしている。

いつか、本当に生きるのをやめたくなった時は、一緒に死のう。

もう叶うことのなくなったその約束が、ずっと頭から離れない。

漣と一緒に死ねないこと。それが、死にたい私の、「死ねない理由」になっていた。

*

冬の夜の闇は氷よりも冷たくて、屋上から落下していく私と漣を地面に叩きつけるために、加速度を増していく。

漣は私をきつく抱き締めながら、

「一緒に生きよう」

と、優しく言った。

一緒に生きる。漣と生きていく。彼との繋がりを自分から断ち切った私に、まだそんな未来があるなんて、考えもしなかった。

それはなんて温かくて幸福な光景。思い浮かべるだけで涙が溢れて、彼の制服を濡らしてしまう。

そんな未来を、信じてもいいのかな。私なんかが幸せになってもいいのかな。

でも、漣が、それを望んでくれるなら——


鈍い音と同時に、激しい衝撃と痛みが全身を襲った。

漣に抱き締められていた私は放り出されるように弾かれて、地面を転がった。

頬や掌に当たる感触で、ここが学校のグラウンドの土の上だと知る。

体中が痛い。でも、痛みがあるということは、私は生きている。

「漣……？」

痛む腕で体を起こし、辺りを見回す。照明もない夜のグラウンドは、月明かりだけが頼りなく照らしている。五メートルほど離れた位置に、倒れたままの彼の姿があった。

「漣」

這うようにして、彼のもとへ近づく。

「漣、漣」

触れられる距離になっても、体を小さく揺すっても、彼は動かない。

「ねえ、起きてよ、漣」

心が壊れていく音がする。

お前のせいだ。お前のせいだ。

耳の奥で私を責める声がこだまする。

私のせいだ。私のせいだ。私のせいだ。

やっぱり、私は、大切な人を壊してしまう。

「誰か……」

声が震えている。心臓が苦しいくらいに暴れている。

「誰か、助けて！　助けてください！　助けてください！」

夜間の先生が声に気付いて駆け付けてくれるまで、私は泣き叫び続けていた。

私の行動、私の過去、私の呪い、私という存在。その全部を恨みながら。

＊

漣は救急車で病院に運ばれ、処置を受けた。

担当してくれたお医者さんの話によれば、重度の脳震盪《のうしんとう》による昏睡状態、ということらしい。いつ目覚めるか判断できず、重篤な後遺症が残る可能性もある、と。

夜が明けて病室に白い光が射し込んでも、ベッドの上で呼吸器を付けたまま眠り続ける漣を、私は隣に座って眺めていた。

ずっと、自分を責め続けている。自分の命を漣にあげて彼が目覚めるなら、喜んでそうする。私のせいで大切な人が苦しむのは、自分が酷い目に遭うよりもよっぽどつらい。

私は、やっぱり、漣のそばにいない方がいい。私がいる限り、漣は不条理に傷付き続けていく。そんな思いがまた膨らんで、私を埋め尽くしていく。

でも、私が黙っていなくなった後に漣が目覚めたら、どう思うだろうか。優しい彼は、また私の幻に縛られてしまうだろうか。

それならせめて、彼が目覚めるまで、こうして待っていよう。そしてきちんと、お別れを言おう。大切な人がこれ以上、私のせいで壊れないように。

ずっと持ったままだったノートを膝の上で開いた。引き裂かれ、折れ曲がり、所々漣の血が沁みついて黒くなっている。

ページをぱらぱらと捲る。いくつもの文字が目に入る。

君は君を嫌いだと言うけれど。死にたいと言うけれど。僕は君に死んでほしくない。そう思うくらいには、僕はもう、君を結構、好きだよ。

だからどうか、自分を責めないで、自分を嫌わないでほしい。僕は君に死んでほしくない。

涙が零れて頬を伝い、ノートに落ちた。

五月、遺書のノートに書き込まれた文字を最初に見た時は、驚いた。悪い人ではなさそう、というだけの信頼で、言葉を交わした。私に似ている、と思ったのもある。その人も、何かに深く、傷付いているみたいだったから。

話を続けるうちに、もしかして、という気持ちが少しずつ芽生えていった。小学四年の初恋。中学での虐め。その人が抱え続けている、「大切な人を傷付けた」という後悔。

どれも私の過去と一致した。

秘密基地の話題で彼が廃バスの話をした時、確信した。この人は、漣だと。私は自分の苗字から「翠」という字を抜いて、小説の中の主人公の名前にした。彼が名付けた「葉」という名の少年も、漣の苗字から取ったものだったんだと気付いた。

彼にはもちろん、当時の中学の先生たちにも、引っ越し先は伝えていない。だからこの再会は、本当の偶然だ。なんて運命的で皮肉な偶然だろうと私は思った。私のせいで漣が壊れてしまわないよう、私のことなんて忘れて幸せになるよう、彼のもとから去ったのに。同じ高校、同じ席の、昼と夜の時間を隔てて、また繋がってしまうなんて。

ノートを閉じ、そっと息を吐き出した。その時、病室のドアをノックする音が聞こえた。私は涙を拭い、返事をする。

「はい」

お医者さんか看護師さんが来たのだろうかと思ったけれど、遠慮がちにドアを開けて入ってきたのは、一人の女の子だった。私と同じ制服を着て、私と同じくらいの年齢に見える。綺麗だけれど、眼鏡の奥の細い眼からは、少し冷たい印象を受ける。

その人はベッドの上の漣を見て、表情を硬くした。

「葉月くん……」

漣の知り合いだろうか。今度は私の方を見て、小さく頭を下げた。

「あの、もしかして、あなたが、翠川詩織さん、でしょうか……？」

「はい、そうですけど……」

私の名前を確認し、なぜかその人は少しだけ泣きそうな顔をした。

「突然、ごめんなさい。私は、井澄千紘といいます。葉月くんの……友人です」

漣にこんなに綺麗な女の子の友達がいたなんて。棘が刺さるようにちくりと胸が痛んだ。漣から離れようとしていたのに、何を嫉妬なんてしているんだろう、私は。

井澄さんは躊躇いながら、言葉を選ぶようにゆっくりと話す。

「あの、もし、よかったらなんですけど……彼に何があったのか、教えてくれませんか」

私は彼女の視線から逃げるようにうつむいた。今でも罪悪感で胸が張り裂けそう。

でも、井澄さんの表情は、とても真剣だった。きっと漣を大切に思っているんだろう。

彼のそばにいるべきなのは、私なんかよりも――

だから私は、全てを話した。嘘や装飾は入れず、私の罪や独り善がりな思惑も包み隠さず。彼との出逢いから、昨日の出来事まで。

私のせいで漣が意識を失ったことを知ると、井澄さんは苦しそうに顔をしかめた。

「……ごめんなさい。でも、安心してください。私は今度こそ、漣から離れますから。

彼を縛らないように、ちゃんとお別れを言って……。必要なら、嫌われるために汚い言葉で詰《なじ》ったっていい」

「それは違います！」

彼女が声を張り上げたので、私は驚いて視線を上げる。

「どうして分からないんですか。葉月くんはそんなことであなたを嫌ったりしません。彼はあまり多くは語らなかったけれど、あなたのことは、大切な人だって、私にも言ってました。生きていてほしいとも言ってました。彼のその気持ちを、あなたが信じてあげられないのなら、葉月くんが、かわいそうです」

井澄さんの頬を透明な涙が伝う。それを病室に射す光が煌めかせた。

漣が私を大切に想ってくれているのは、もう苦しいくらいに理解している。でも、だからこそ、呪われている私に、漣をこれ以上巻き込みたくなかった。そうしないと、今度こそ漣も壊れてしまうように思えて。あの時の、お母さんのように。

答えられない私を見て、井澄さんは手に持っていた男物のショルダーバッグの口を開けた。

「昨日、学校で、葉月くんが乱闘騒ぎを起こしたと聞いて、先生に事情を教えてもらったんです。私が彼と仲がいいことを知った先生は、私に彼の荷物を預けました。教室に置き去りにされていた、このショルダーバッグです。そして……ごめんなさい」

井澄さんは深く頭を下げた。

「あんなに静かで優しい葉月くんが、どうして乱闘騒ぎなんて起こしたのか、気になってしまって。何か深い事情があるんだと思って。私だけでも、それを、理解してあげたくて……。悪いとは思いながら、中を見てしまったんです。そうしたら、これが、入っていました」

バッグの中から何かを取り出し、彼女は私に差し出した。それは折り畳まれたルーズリーフだ。受け取ると、何枚も重なっている厚みがあることに気付いた。

「ずるいです、あなたは。羨ましいです。何年も前に葉月くんと出会ってて、彼の時間も、心も、ずっと独占してて。彼と一緒に生きられる命も持ってて。それなのに、ちゃんと向き合おうとしないなんて。……ふざけんなよって、思います」

震える声でそう言う井澄さんの眼からは、次から次へ涙が溢れて零れていく。

「何してるんですか。早く読んでください」

彼女に促され、私はルーズリーフを開く。

これを君に渡すことがあるか分からない。君に「葉」の正体を明かすべきか、正直ずっと迷っている。でも、自分の中の気持ちの整理も兼ねて、書き残しておこうと思う。

遺書のノートで半年以上やり取りをしていた翠が、幼馴染の詩織だったことに、僕は気付いた。衝撃的だったよ。

それは嬉しさもあったし、心が切り裂かれるような悲しさもあった。もう二度と会えないと思っていた詩織が、こんなに近くにいたんだという喜び。そして、大好きな君が、今でも死にたいと思っているということの悲しさだ。

中学の時は、本当にごめん。守れなかったどころか、僕が誰よりも一番君を傷付けてしまったと思う。謝ることもできないまま会えなくなって、悔恨と自責の中で地獄のような日々を送った。自暴自棄になって、君の秘密基地をぐちゃぐちゃにしてしまった。そのことも、謝ります。ごめん。

本当は、あの頃の僕は、中学を卒業したら君と一緒に他県の高校に入学して、安いアパートを借りて、アルバイトでもして慎ましくも楽しく二人で暮らしていけたらいいな、なんて夢見てた。バカだったよ。君の過去や、君の家庭のことも、君が抱え続ける苦しさも、何も知らなかった。

当時は、不必要に踏み込まないことが誠実さだと思っていた。詩織が家や家族のことを話したくないなら、訊かずにいることが優しさだと思っていた。今でもその考えは持っているけれど、もし、あの頃。まだ君と秘密基地で肩を並べて座っていたあの頃に、もっと踏み込んで、君の心にある痛みや苦悩を知ることができていたら。あんな別れはなかったのかもしれない、と思うと、悔やんでも悔やみきれない。

いや、もしもの話をしても仕方ないね。僕たちはその、変えられない過去の延長線上にいるんだ。

だから、ここからは未来の話。

僕は、君が好きだ。小学生の時に君に手を引かれて秘密基地に連れて行ってくれた時から、ずっと。照れくささとか、関係が変わってしまうことへの怖さとかがあって直接は言えなかったけれど、誰よりも君が好きだ。

でも君は素直に僕の好意を受け取ってはくれないだろうな、というのも思っている。

君や、小説の中の翠が言っている、「周りを不幸にしてしまう」という呪い。君がそう考えるきっかけとなった過去のつらい事故のことも、このノートのおかげで、もう僕は知った。

そのせいで君が、誰かを傷付けてしまうことを恐れて独りになろうとすることも。そのくせ誰かとの繫がりがほしくて、「利用している」なんて言って自分を貶《おとし》めていることも。僕は知ってるつもりだ。君は不器用で、寂しがりで、真っ直ぐで、そして優しいから。

その上で、言わせてくれ。

この世界は、僕らが生きているこの星は、小説や漫画や映画じゃない、現実だ。時にフィクションなんかよりももっと残忍で、冷厳だけれど、その分揺るぎない、疑いようのない、確固たる現実だ。ここには記憶を消す消しゴムも、欠損を補う鉛筆もない。

だから、君を苦しめる呪いなんて、どこにも存在しないよ。宇宙を覆うこの現実に、そんな曖昧なものが入り込む隙はない。

もちろん、目を覆いたくなるような悲劇はある。不運や不幸が重なることもある。でもそれは、君のせいじゃない。

もし、君のせいで僕が不幸になると考えているのなら、思い上がらないでくれ。断言するけど、君に、他人の人生を左右するような、そんな超常的な力はない。

僕の幸福は僕が決めるし、僕の不幸も僕だけのものだ。

でも、と君は思うだろうな。中学の頃に酷い目に遭ったじゃないか、と。悲しいけれど虐めなんてどこにでもある。君がいなくたってどこかで誰かは傷付いていく。それに当時、当然つらかったけれど、僕は不幸だとは思っていなかった。痛くて、苦しくても、君と過ごせる時間があるのなら、それは幸せだった。

ああそうだ、当時一つだけ不幸を感じたことといえば、君が黙っていなくなってしまったことだ。僕が傷付けてしまったのはあるけれど、傷付いたら怒ってほしかった。僕を叩いても殴ってもいいから、感情をぶつけて、誤解を解いて、仲直りして、また一緒にいたかった。

分かってくれるかな。君の存在は僕に不幸なんて一つも与えていない。君は僕に幸福だけを与えてくれていた。喜びを、温もりを、生きる理由を、与えてくれていた。逆に君が去ることが、僕にとって最大の不幸だった。

お願いだから、もういなくならないで、僕に幸福を与え続けてくれ。

僕の生きる理由であり続けてくれ。

葉月漣

追伸。

昨日から机の中にノートが入ってなくて、心配してる。

佳境に入った小説を止めたくなくて、ルーズリーフに書いてる。もし君も同時に書いていて、シーンがかぶったらごめん。どっちがいいか比較して、場合によっては融合して、素敵な物語にしよう。


温かい涙がぽたぽたと落ちて、彼の手紙を濡らしていく。大切な文字が滲んでしまわないよう、私は目元を拭った。

胸の内側を温かい感情が満たしていく。私をずっと押し込めて縛っていた重く暗いものが、溶けて消えていくのを感じる。呪いなんて存在しないと、彼は言ってくれた。私は漣に、幸せをあげられていた。

私が、彼の生きる理由。その実感は、私自身の生きる理由として、心に確かな温度を与えてくれる。

ルーズリーフにはまだ残りがあって、そこには彼の言う通り小説の続きが書かれていた。その全てに目を通して、私はまた泣いた。涙を流すたびに、心の中の黒くて冷たい感情が、一緒に洗い流されていくような気分だ。

読み終えた紙を大切に畳んで、ベッドで眠り続ける漣の手を取って、両手で包み込む。

「ありがとう、漣。ごめんね、こんな簡単で大切なことに気付けなくて。ずっと遠回りしてて。いっぱいつらい思いもさせちゃったけど、私が漣に幸せをあげられるなら、これから先、ずっとそばにいるから。だから、お願い、目を開けて。一緒に生きよう、漣」

呼吸器越しの吐息が、単調だったリズムを変えた気がした。

私が掴んでいる彼の手が、微かに動いた。

意識を失った葉くんは、救急車で病院に運ばれた。

原因不明の心臓発作による昏睡状態で、予断が許されない状況だという。

病室の白いベッドに横たわり、点滴の針と呼吸器を付けて眠っている葉くんの横で、私は泣きながら自分を責め続けていた。私の呪いが、葉くんを巻き込んで、不幸にして、命まで削って、壊してしまう。

こんな自分はもう嫌だ。こんな私で生きていたくない。彼は諦めろと言ったけれど、やっぱりもう、消してしまおう。

そう考えて立ち上がった私の背中に、聞き覚えのある声がかけられた。

「傷付いた人。悩み、立ち止まろうとする人。君の願いを言いなさい」

振り返ると、あの不思議な文房具店にいた、髭の長いおじいさんが立っていた。

私は縋るように言う。

「神様。あなたは、神様なんですよね。そうじゃなくても、特別な力を持ってるんですよね。それなら、人を不幸にする私の呪いを、今すぐ消してください！」

おじいさんは静かに首を振る。

「残念だが、それはできない」

「どうしてですか！　あんなすごい力のある文房具があるのに、なんで私一人の呪いを消す道具を作れないんですか！」

「そんな呪いは存在しないからだ。存在しないものは、消すことはできない」

「え……？」

「人が呪いだと思っているものは、自らの心が生み出し、自分自身を縛り付けているものだ。不運や不幸が重なることはあるが、運命付けられたものではない。他者にそれを押し付けるような強大な力は、人間にはない。私が保証する」

私の呪いは、存在しない？　そんなことはない。だって小さい時から、私の周りの人は傷付き、病んで、壊れていった。皆口をそろえて、お前のせいだ、と言っていた。お前は呪われた子だと言われてきた。だから、葉くんも私のせいで命を削って、今もここで、昏睡している。

「現にこの少年は、君に会えたことを、君と過ごした時間を、君の記憶を取り戻せたことを、君が生きていたことを。その全てを、幸福だと感じていた」

止めようもなく、私の頬を涙が伝った。

「どうして彼は、そこまで、私なんかを……」

おじいさんは目を細め、私と葉くんの間にある空間を見つめた。まるでそこに、私たちを繋ぐ何かがあるかのような視線だった。

「人の世に、呪いのような強力なものはないが、別の力は存在している。それは弱々しく些細なものだが、時に不思議な結び付きを生み出す。人という、脆く傷付きやすい種が無自覚に作り出した力だ。支え合い、慰め合い、補い合う。この国の人々はそれを、『縁』と呼んでいる」

「縁……」

「その少年が過去の因果の断絶を補って取り戻したのなら、じきに君も思い出すだろう。驚かないよう、座っていなさい」

優しく肩を押され、私は再び椅子に座った。その瞬間、いくつもの光景が頭の中で弾けるのを感じた。それは、沢山の小さな、けれどとても大切な、想い出。

二つ並んだランドセル。まだ幼い葉くんの笑顔。町外れに廃ビルを見つけて二人の秘密基地にした。日常の嫌なことから逃げ込んで、二人で息を潜めて笑っていた。私たちは、世界や社会、自分の家の中にまで潜む悪意に脅かされながら、お互いの存在を心の支えにして生きていた。

でもある日、老朽化していた廃ビルの天井が崩落した。分厚いコンクリートに圧し潰され、私の意識も、命も、途絶えそうになっていた。葉くんも大怪我を負いながら私を助けようとしてくれるけど、子供の力ではどうにもならない。彼は泣いていた。

そこに不思議なおじいさんが現れた。絵本で読んだ魔法使いのような風貌のおじいさんから、葉くんはハサミを受け取っていた。

『このハサミは、相手との縁を切ることで、二人の間に起きたこれまでのこと全てを、なかったことにできる。この日、この瞬間、この場所にいた事実すら、跡形もなく消える』

『これで翠を助けられるんだね？』

『でも君も、君が助けたい人も、お互いのことを全て忘れる。出逢っていないことになる。それでいいのかい』

『翠が助かるなら、それでいい！』

そう叫んで、彼は私たちの間の空気をハサミで切り裂いた。赤い色のついた糸が切れるのが、一瞬だけ見えた気がした。その瞬間、私は全て忘れて、葉くんのいない日常を生きていた。

（やっぱり、翠も忘れてるんだな）

（僕は、ずっと昔から、君を好きだったんだよ）

彼が意識を失う前に言っていたことの意味が、ようやく分かった。私たちは、数か月前に出逢って、恋をした。でも本当は、そのずっと前から、会っていたんだ。

「その頃から、私は君たちを気にかけていた。もっと良い救い方もあったのではないかと、悔いていたから。だが、一度は途絶した縁が再び結び付くとは、私も驚いた」

葉くんは、私を救ってくれた。あの時も、今も、私が生きることを望んでくれた。

そのことに気付けずに、私はこれまで、なんてことをしてきたんだろう。

心が熱く震えて、溢れる涙が止まらなくて、私はベッドの上の葉くんの胸に顔を埋めて泣きながら、ありがとうと、ごめんねを、何度も繰り返した。

# エピローグ――君と生きる幾億の理由

公園には春の穏やかな風が吹いていて、ベンチに座る私の髪や服をそっと揺らして通り過ぎていく。

「気持ちいい」

思わずそう呟いて視線を上げると、桜の木から無数の花弁がひらひらと舞い散っていた。その下では二匹の、まだ小さなハチワレの姉妹猫が元気いっぱいに遊んでいる。その子たちのお母さんである黒猫おはぎは、私の右隣で丸くなって眠っている。

今、私の眼に映る光景は、明るくて、温かくて、優しくて、美しい。私はそんな世界の一面も知っているはずだったのに、これまでそこから目を背けて、暗闇ばかりを見つめていた。

私の周りには醜悪で残酷で不条理な物事しかないんだと思い込んで、それさえも全部私のせいだと決めつけて、自分を暗いところに縛り付けていた。

自分自身や環境を変える努力も、助けてと声を上げることも諦めて、これが運命なんだと受け入れて、早く終わらせて楽になることばかり考えていた。

でも、私はもう変わった。いや、まだ完璧ではないけれど、変わっていこうと、決めたんだ。

四か月前、私が殺してしまったと思っていたお父さんは、生きていた。強く頭を打って一時的に失神していたのを、私が早とちりしてしまった。これまで私にしてきた暴行の自覚はあるのか、傷害罪で私を訴えるようなことはしなかった。報復されるかもしれないから、もうあの家には帰っていない。

あれから私は市の窓口に相談し、支援を受けながら、父親と距離を置いて一人で生活している。

最近は、アパートの狭いキッチンで、料理の特訓をするのが楽しく感じ始めているところだ。世の中には無数の料理があり、無数の食材があり、それぞれにコツだったり工夫できる点を見つけていくのが奥深くて面白い。

これまで私が知らなかったこと。知ろうとしなかったこと。楽しいことや、人の優しさや、風景の輝き。そういうものをひとつひとつ、丁寧に拾って心にしまっていくと、自分の中で閉じていた世界が少しずつ拡がっていくのを感じる。

公園に千紘の姿が見え、私に手を振りながら歩いてくる。

「あ、千紘」

「詩織さん、こんにちは」

「こんにちは。もう、私のことは呼び捨てでいいって言ってるのに」

「ふふっ、なかなか慣れなくて」

私の隣を見て、千紘は声を小さくして「あれ、寝ちゃったの？」と言った。

「そうみたい」

「そっか。暖かくて気持ちいいもんね。わあ、チビちゃんは今日も元気だなぁ」

彼女は優しい微笑みを、子猫たちのいる方に向けた。

千紘とは三か月ほど前に友達になった。たまに私のアパートに遊びにきてもらって、料理の味見をしてもらったりしている。彼女の体に潜む遺伝性疾患のことは、友達になって少し経った頃に聞いた。きっと今でも怖さと不安を抱えていると思う。それでも最後まで生きようと決心した彼女を、私は尊敬している。

また一つ、心地いい風が吹いて、私の膝に置いているノートのページをめくった。折れ曲がってぼろぼろになって、引き裂かれた箇所をテープで補強した、大切なノートだ。

周りの人を不幸にする呪いに苦しみ、自身を消してしまいたいと願う少女「翠」と、自分を損ないながらも彼女を守ろうとした少年「葉」。私が書いていた、二人の悲劇的な結末には、全て取り消し線を引いてある。

その代わり、私はその物語に、こんな結末を与えた。シーンは、漣がルーズリーフに書き残していた病室の場面からの続きだ。


私がそのままベッドで泣きじゃくっていると、それまで定期的なリズムを刻んでいた心電図が、少しずつ、弱々しく速度を落としていくのが分かった。

「葉くん、目を開けてよ！　私もやっと全部思い出したのに、これで終わりなんてひどいよ」

声をかけても、手を握っても、彼が目覚める気配はない。焦りと絶望で目の前が暗くなっていく。

縋るような気持ちで、そばに立っているおじいさんを見上げた。

「こういう時、何とかしてくれる道具はないんですか。あのお店にはいっぱい文房具がありましたよね。お願いだから、力を貸してください！」

「私は全能ではない。何かと引き換えに何かを得る、そんな手伝いをしているに過ぎない。彼の時間の終わりは、彼自身の意思と行動によって呼び込まれたものだ。彼も、覚悟の上だった」

「そんなのは知ってます！　いつも葉くんばかりが覚悟して、行動して、私は助けられてばかりだった！　だから今度は、私が覚悟します！　彼を助けさせてください！」

「手段がないことはないが、現を歪める力には――」

「代償があるんですよね！　それを覚悟するって言ってるんです！」

おじいさんは困ったようにため息をつきつつも、いつの間にかその手には一つの天秤が乗っていた。

「この天秤は、二つの生命の重さの違いを均等にする物だ。寿命が短い者は長くなり、長い者はその分短くなる。要するに、命の時間の譲渡だ」

天秤を受け取り、ベッドの上に置いた。おじいさんが慌てたように私を止める。

「待ちなさい。よく考えてみなさい。彼の寿命は残り僅かだ。仮に君の寿命があと六十年だとしたら、三十年分が削られ、彼に譲渡されるんだぞ」

「それくらい構いません。むしろ最高の道具を貸してくれてありがとうございます。一度は彼に助けられた命ですから、今度は喜んで、私が彼を助けます。それに、葉くんがいない寿命なんて、私には意味がないんです」

使い方を聞いて、天秤の二つの皿の上に、それぞれ私と葉くんの手を乗せた。

がちゃんと音を立てて、私の方の皿が大きく下がる。そしてそれは滑らかに動いて、水平になっていった。

ぎゅう、と握りしめられるように心臓の辺りが痛くなり、固く目をつむった。

痛みはやがて引いていって、ゆっくり目を開けると、ベッドの上の葉くんが目覚めているのが見えた。

「あれ？　僕……生きてる？」

放心したようにそう言う彼に、私はまた泣きながら抱きついた。


ノートを閉じてバッグにしまうと、私の右隣でいびきをかいていたおはぎがのそのそと起き上がって、大きく伸びをした。ベンチから下りて、子供たちの方に歩いていく。

そして、私の左隣で居眠りしていた彼も目覚めたようだ。まだ眠そうに眼をこすりながら言う。

「んん……ごめん、気持ちよくていつの間にか寝ちゃってた」

「うん、寝てたね。おはよう、漣」

「おはよう、詩織。あ、井澄さんも来てたんだ」

子猫姉妹とじゃれ合っていた千紘が気付いて、こちらに駆け寄ってくる。

「葉月くんこんにちは。また何か思い出した？」

「いや、こんな短時間の昼寝じゃ、効果ないみたいだ」

昏睡状態から目覚めた漣は、記憶を失っていた。脳震盪の後遺症らしい。

私と過ごした小中学の想い出も、高校でノートを介して繋がっていた記憶も、屋上で私に叫んでくれた言葉も、彼は全て、忘れていた。

お医者さんからそのことを聞いて、私はまた目の前が暗くなっていくのを感じた。

一緒に生きようと言ってくれた彼の中に、私が残っていないなんて。

でも、漣は生きている。私も生きている。そのことに変わりはない。

全てを忘れて、この星の上に独りぼっちで放り出された漣は、きっととても不安で心細いだろう。だから私が寄り添って、できる限りのサポートをして、彼が迷わないように、戸惑わないように、絶望してしまわないように、ずっとそばにいよう。

私は、漣のために生きる。そう決めると、自分の中の「生きる理由」が確かな温度をもって、私を強くしていくのを感じた。

それに、彼が夜眠ると、記憶は少しずつ戻っていくみたいだった。夢は記憶の整理だと聞いたことがある。人間が自然に持っている回復力が、眠っている間に彼の欠損を修復しているのだろう。命ってすごい。本当に、色んな力を持っている。神様がくれる代償付きの鉛筆も、必要ないくらいに。

彼はまだ、私のことも、千紘のことも、思い出していない。これまで取り戻した記憶は彼の孤独な幼少期のもののようで、時折とても寂しそうな顔をする。この先、中学の時のつらい記憶が蘇った時、彼が壊れてしまわないか心配だ。だからその時のために、私も、千紘も、笑顔で漣に接する。どんなにつらい過去があっても、それを乗り越えた先の温かな今が、あなたにはあるよ。そう教えるように。

「そろそろお昼ごはんにしよっか」

そう言って私は、ベンチに置いていたピクニックバスケットを引き寄せた。今日はパストラミビーフと新鮮なレタスをたっぷり挟んだサンドイッチと、スープポットには栄養たっぷりのミネストローネを入れて持ってきてある。どちらも自信作だ。

食べ物の気配を察してか、おはぎと子猫たちも足元に集まってくる。そんな彼女たちに千紘は笑って「君たちはこっちね」と言って、猫用のおやつをあげた。

みんなで楽しく食事を終えた後、千紘は検査があるからと、私たちに手を振って帰っていった。

私は漣を連れて、この町の秘密基地に向かった。川沿いに置かれた、昔のモノレールの車両だ。中に入ってシートに並んで座ると、青空を背景にした満開の桜の木が風に揺れているのが、窓の向こうに見えた。その根本の地面にはキンセンカのオレンジ色の花が、胸を張るように元気いっぱいに咲き誇っている。別れの悲しみ、悲嘆、寂しさ、失望。そんな暗く後ろ向きな言葉を背負わされた、私の誕生花。

でも、漣がノートで教えてくれたから、私はもう知っている。この花は、こんな素敵な言葉も持っているんだ。初恋。変わらぬ愛。

別れの悲しみを胸に抱えながらも、変わらぬ愛を貫いたこの花を、私は大好きになった。

「詩織が前に話してくれた廃バスの秘密基地も、こんな感じだったの？」

私の左に座る漣が、そう言った。私は首を振る。

「ううん。あっちはもっと中が散らかってたよ。シートだって取り外されてたから、床に直接座ってた。漣とこうして隣に座って、寒い冬は一緒に毛布に包まって、暑い夏は下敷きで扇ぎあってた」

「ふうん、何だか楽しそうだね」

「うん、楽しかったよ」

「早く思い出せるといいな」

「……ゆっくりで、いいんだよ」

つらいことも沢山あった。死にたいと思っていたこともあった。

正直今でも、生きることの不安や、戸惑いや、怖れが、苦しく胸を埋め尽くすことがある。

それでも、毎年、毎月、毎日、毎秒――

平均寿命までの、約二十億秒。その全てに、生きる理由があるから。

だから、この人のために、この人とともに、私はこの星で、生きていこうと思う。

「前に詩織が教えてくれた話だと、確か中学二年の時、僕たちはその廃バスの秘密基地の中で、こんな約束をしたんだよね。えっと……」

記憶を引っ張り出すように漣は左手の人差し指を上に立てて振りながら、言った。

いつか、本当に死んでしまうその時まで、一緒に生きよう。

私は声をあげて笑ってしまう。笑いすぎて涙も出てきた。

「全然違うよ！　でも、意味合い的には、そういうことだったのかもね」

そして私は体をひねって、隣に座る大切な人と、幸せなキスをした。

この物語はフィクションです。
実在の人物、団体等とは一切関係がありません。
本作は、書き下ろしです。

ファン文庫Tears

# この星で君と生きるための幾億の理由

2022年9月30日　初版第1刷発行

著　者　　青海野 灰

発行者　　滝口直樹
発行所　　株式会社マイナビ出版
〒101-0003
東京都千代田区一ツ橋二丁目6番3号 一ツ橋ビル 2F
TEL 0480-38-6872（注文専用ダイヤル）
TEL 03-3556-2731（販売部）
TEL 03-3556-2735（編集部）
https://book.mynavi.jp/

イラスト　　ふすい
カバーデザイン　　渡邊民人（TYPEFACE）
本文デザイン　　石川健太郎（マイナビ出版）
印刷・製本　　中央精版印刷株式会社


ISBN978-4-8399-8085-6
Printed in Japan

定価はカバーに記載してあります。

乱丁・落丁についてのお問い合わせは、注文専用ダイヤル（0480-38-6872）、電子メール（sas@mynavi.jp）までお願いいたします。

ファン文庫 TearS

# いつか奏でる恋のはなし

著者／櫻いいよ
イラスト／カズアキ


あなたが最後に泣いたのは、
いつだったか覚えていますか？

何かを失っても、未来に向かって恋をした。
ベストセラー作家・櫻いいよが真正面から描く、
大人の恋の物語。

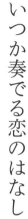

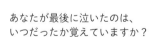